MORIARTY RETURNS A LETTER

福爾摩斯先生收IV

莫里亞提的復仇

麥可・羅伯森
MICHAEL ROBERTSON
蘇雅薇 譯

臉譜小說選 FR6553
福爾摩斯先生收IV：莫里亞提的復仇
Moriarty Returns a Letter

原著作者	麥可．羅伯森（Michael Robertson）
譯　　者	蘇雅薇
封面設計	蕭旭芳
責任編輯	廖培穎
行銷企畫	陳彩玉、朱紹瑄
發 行 人	凃玉雲
總 經 理	陳逸瑛
編輯總監	劉麗真
出　　版	臉譜出版 城邦文化事業股份有限公司 台北市民生東路二段141號5樓 電話：886-2-25007696　傳眞：886-2-25001952
發　　行	英屬蓋曼群島商家庭傳媒股份有限公司城邦分公司 台北市中山區民生東路141號11樓 客服專線：02-25007718；25007719 24小時傳眞專線：02-25001990；25001991 服務時間：週一至週五上午09:30-12:00；下午13:30-17:00 劃撥帳號：19863813　戶名：書虫股份有限公司 讀者服務信箱：service@readingclub.com.tw 城邦網址：http://www.cite.com.tw
香港發行所	城邦（香港）出版集團有限公司 香港灣仔駱克道193號東超商業中心1樓 電話：852-25086231或25086217　傳眞：852-25789337 電子信箱：hkcite@biznetvigator.com
新馬發行所	城邦（新、馬）出版集團 Cite（M）Sdn. Bhd.（458372U） 41, Jalan Radin Anum, Bandar Baru Sri Petaling, 57000 Kuala Lumpur, Malaysia. 電話：603-90578822　傳眞：603-90576622 電子信箱：cite@cite.com.my
一版一刷	2018年10月
ISBN	978-986-235-703-3

售價：320元（本書如有缺頁、破損、倒裝，請寄回更換）

國家圖書館出版品預行編目資料

福爾摩斯先生收IV：莫里亞提的復仇／麥可．羅伯森（Michael Robertson）著；蘇雅薇譯. -- 一版. -- 臺北市：臉譜出版：家庭傳媒城邦分公司發行, 2018.10
面；　公分. --（臉譜小說選；FR6553）
譯自：Moriarty Returns a Letter
ISBN 978-986-235-703-3（平裝）

874.57　　107015891

獻給美國退役陸軍航空軍威廉·R·麥金利

致謝

感謝我的編輯瑪夏・瑪克蘭和助理編輯凱特・布洛若斯基；製作編輯伊莉莎白・庫瑞昂；設計師菲爾・馬若尼；公關賈斯汀・維雷拉；書封設計師大衛・波帝歐辛・羅茨坦和詹姆斯・伊柯貝里；以及湯瑪斯・鄧恩出版/聖馬丁出版的文稿編輯芭芭拉・威德。

同時感謝我在威廉・莫里斯奮進經紀公司的經紀人柯比・金，以及國際版權負責人蘿拉・波納。

1

倫敦，聖凱瑟琳碼頭，一八九三年十二月

后翼棄兵號潮濕發臭的貨艙裡，一名上身光裸的男子給枷鎖綁在中央梁柱的粗木上，血流不止。

另一名高大男子站在他斜後方，胸膛寬如木桶，雙手抓著布滿海水結晶的沉重貨物繩網，彷彿握著鐵錘。他雙眼發亮，迫不及待想再揮一次。他已經揮過五、六次了，但他打算精進技巧，下一次使上全力。

一名較矮小的男子坐在門邊狹窄的長方形桌旁，翻閱稍早從街上偷來的廉價雜誌。第四名男子比貨艙裡其他三人都高，大家都叫他雷吉爾，現場明顯由他指揮。他直接站在上銬的男子面前，心想還要多久才能擊垮他。

他會不會來不及供出他們要的資訊就死了？雷吉爾有不少相關經驗，他看得出來男子快不行了。這可不妙，他們不能直接殺了他就收工，現在還不行。

假如上銬的男子真如他所說，是了不起的犯罪規劃家，負責設計違法計畫和洗錢，握有龐大的國際資源，那就沒問題了。雷吉爾自認也是了不起的犯罪規劃家，但他不喜歡競爭對手。他只要殺了上銙的男子，併呑男子與他合作犯案的分紅，就不用擔心了。

可是雷吉爾開始懷疑上銙的男子身分沒那麼簡單。雖然只是謠言，他還是得確認清楚，畢竟代價太高了。

雷吉爾手上有一大把僞鈔，將近五萬英鎊。僞鈔面額太大，數量太多，無法經由小店和街上的交易轉手，需要更大規模的洗錢計畫。於是雷吉爾聯絡了最近出現在倫敦的美國人，請他想辦法處理。

目前的計畫很簡單：上銙的美國人宣稱他談下了一筆生意，要購入一艙從愛爾蘭非法進口的威士忌。酒現在存放在聖凱瑟琳碼頭，等著運往美國。美國人說貨品所有人急著完成交易，規避進出口費用，所以不會仔細檢查。這樁交易非常適合將雷吉爾的假英鎊換成合法的貨幣。

交易將在明天晚上進行。雷吉爾會把錢帶到后翼棄兵號停靠的碼頭，將五萬英鎊的僞鈔交給美國人，換取貨品和一紙署名的提單。接著雷吉爾會帶貨品啓航前往美國，以高於用假鈔付的批發價售出，大賺一筆。然後他會回到倫敦，用他幻想得到的各種方式，拓展他的犯罪版圖。

然而昨天深夜，雷吉爾在吹哨酒吧跟當天才從新門監獄出獄的朋友喝酒。朋友抱怨他本來趁深夜要打劫一間龐德街的古董店，警察卻沒來由地恰好在最糟的時候出現，逮到了他。

龐德街的竊案由上銬的美國人一手策畫。就雷吉爾所知，這不是第一起「沒來由出錯」的計畫了。

美國人幾個月前來到倫敦後，確實小有成功。他在各處安排了幾次成功的竊案，如他所說，屋主都不在家，收穫也符合預期。他也順利銷贓過幾次，賺進大筆收入。

不過最近雷吉爾開始聽說大型計畫出錯，雖然沒有確切證據，但足以促使他採取本來他就挺喜歡的事：把人綁在柱子上，折磨到一命嗚呼。

雷吉爾命令大個子再揮一次沉重的繩索。

「快說！」

銬在木柱上的美國人半抬起頭，回頭看擊敗他的倫敦萊姆豪斯區惡霸，不敢相信他居然落到這步田地。

然後他看向門口的桌子。

桌上擺著一盞煤油燈、貨品中拿來的一瓶威士忌（今晚的第二瓶，已經快喝乾了），以及兩份文件。一份是貨物提單，另一份是一八九三年十二月份的《河濱雜誌》。

另外三人在吹哨酒吧後方的暗巷偷襲美國人時，提單就在他的外套口袋裡。

《河濱雜誌》是月刊，主要刊載偵探小說。他們四人約好在酒吧會面前，小瘦子才從路上小販那兒偷了最新一期，帶進酒吧。

命。

美國人盯著這兩份文件。一份造成他目前的困境，他開始希望另一份或許能救他一

《河濱雜誌》正在連載一名偵探的故事，已經在倫敦風行超過一年了。美國人最近也開始讀——不只是隨便看看，而是帶有特定目的。他讀了這一期之前所有的連載，稍早在酒吧甚至瞄了這期的頭幾頁。他希望這一期的內容跟過去類似，這樣或許他還有些微的機會能活著走出貨艙。

「快說！你是誰？你的本名是什麼？你替誰工作？」

雷吉爾反手揮了美國人一巴掌。

美國人不覺得這一掌特別痛。沉重的貨物繩網在他裸背上留下的鞭痕可就不同了，痛楚絲毫沒有減輕，每次網子揮來，他背上的肌膚就越腫，神經也越敏感。背上的痛和隨之而來的過度換氣逐漸使他頭暈。

那一巴掌倒是狠狠震動他的頭，害他的大腦在頭骨內猛晃，可是他需要思考。如同其他平克頓偵探事務所的臥底探員，他知道只要失去理智一瞬間，他就完了。

他知道他八成也完了，他的身分曝光了。他早就知道他太自大了，他現在知道他根本不該冒險。

他在紐約操弄黑道實在太上手，以至於他竟相信借調到蘇格蘭場工作不過是小菜一碟。畢竟倫敦連「眞正」的黑道都沒有——至少現在沒有，而他來的目的就是協助警方

維持現況。

美國人到蘇格蘭場聽取完簡報沒幾天，就在倫敦的地下網路放話，宣稱他擁有當地人無法匹敵的門路。你急著要洗十萬英鎊的僞鈔？你偷來的珠寶想用好一點的價碼銷贓？你需要爲上述兩者制定計畫？找美國人就對了。況且他不是一般的美國人，他是紐約人。紐約欣欣向榮的黑道全球知名，如果能跟眞正的行家合作，何必屈就初出茅廬的英國黑道呢？

起初他慢慢來，協助幾名不暴力的小混混完成計畫，一下幫忙把扒手弄出獄，一下規劃竊案（他總會確認家裡沒有人會受傷，並將財物損失壓到最低）。

成功做完一系列案子，建立起名聲後，他開始朝大魚設局，把手伸向計畫的眞正目標。

他必須非常小心。他的目的是要逮到高層的惡徒，最起碼也要打亂他們的平衡。但美國人和他在蘇格蘭場特殊分支的同事都知道，這種計畫不能做過頭。

那時美國人還不知道他有家人需要考量。

他年輕的妻子跟他一同跨海來到英國，現在他多麼希望他說服她留在紐約。當時他保證這是最後一次出任務，好爲職涯留下璀璨的紀錄。他說到此爲止了，之後他會回國，轉做內勤，他們便能共組家庭。在那之前，他希望她安全留在家。

但她聽不進去，非要跟他一起來。

然後她懷孕了。

在美國探員眼中，一切突然變得清晰無比。

他太冒險了，必須收手。他太過自大，以後必須小心。

可惜這番領悟來得太晚。現在他跟三名殘暴之徒困在貨艙，對手個個跟惡毒的低階罪犯一樣愚蠢，但其中一人——其他人都叫他雷吉爾——稍微聰明一些，畢竟把偷拐搶騙又害人當作志業，總會越做越聰明。他們正是美國人越洋而來要趁早剷除的蠢蛋。

可是現在不是美國人和探長在蘇格蘭場審問壞人，而是雷吉爾在這該死的地方質問他。

「快說！他們怎麼知道？」

又是反手一巴掌，只是要侮辱他，沒別的意思。

美國探員希望有人能鬆開他的手，一下子也好，讓他好好反擊。但他知道不可能，除非他能讓對方自亂陣腳。

他再次看向桌上的《河濱雜誌》，試圖記起他讀過的每一行字。

大個子舉起網子，準備再揮一次。

錯過現在就沒有機會了。美國特務又垂下頭，但這次他是故意的。要演就要盡可能演得逼真。

他低聲喃喃自語。想要別人聽信謊言，就得逼他們盡力才聽得見。

他說，「都是該死的福爾摩斯。」

「什麼？你說什麼？」

雷吉爾抓起美國人的頭，往後重重抵著柱子。

美國人笑了起來。

「笨蛋，你眞是該死愚蠢的笨蛋。你眞的以爲我會破壞自己的計畫？想清楚吧！我何必這麼做？」

聽他一笑，雷吉爾似乎很困惑，他自然又合理地質疑道，「你可能是條子，你可能替蘇格蘭場工作。」

「少來了。假如我替蘇格蘭場工作，你們一個月前就去吃牢飯了，吹哨酒吧的每個人也是。老兄，動動腦吧，這全是福爾摩斯的傑作。」

「我不知道你說的是誰。」

美國人把全身的痛盡可能轉化成高亢又自大的笑聲。

「他總是阻礙我的每一步！一定是他！蘇格蘭場沒有人腦袋那麼好！」

把雜誌帶進酒吧的小瘦子從桌邊跳起來，興沖沖跑來，離探員的臉不到三十公分。

美國人推測，三個人當中只有他識字。

「你說的不會是……」他頓了一下，睜大眼睛，接著悄聲說，「夏洛克……福爾摩斯吧？」

美國人說，「不然呢？」他冷笑一聲，口氣滿是輕蔑。表演雖然不是成敗的關鍵，但也差不多了。

雷吉爾對小瘦子說，「你們在說什麼？」他看向拿漁網的大個子，對方聳了聳肩。

但小瘦子肯定地點點頭。「夏洛克．福爾摩斯。」這次他大聲說出來，「我聽過他。夏洛克．福爾摩斯！老天爺啊，如果夏洛克．福爾摩斯盯上我們，我們就完了！」

銬在柱子上的男子頭動也不動，眼睛也不轉，甚至停止了呼吸。如果希望魚兒上鉤，就必須靜如處子。

「胡說八道。」雷吉爾說，「才沒有夏洛克．福爾摩斯這個人。」

「不，不。」小瘦子說，「我讀過他的事蹟，他是真人。」小瘦子跑到桌旁，抓起《河濱雜誌》，像小狗一樣拿回來給主人。「如果不是真的，雜誌就不會登了。」

雷吉爾接過雜誌，打開瞧了一眼——短暫露出挫敗的表情——然後丟還給小瘦子，一臉不屑。

雜誌撞上潮濕的木頭地板，落地發出噁心的聲響。小瘦子趕忙跑去撿起來，盡可能把髒污擦掉。

雷吉爾向來不喜歡發現別人說的對，尤其不喜歡當眾遭到糾正，而現在上銬的美國人就算是群眾了。

「不，不。」想了一會兒，雷吉爾煞有其事地開口，但口氣缺乏真正的自信。「即使印出來，也不表示是眞的。一定要，怎麼說……他們怎麼說……發表……對了，就是發表……在報紙上，才是眞的。可是這不是報紙，這——這只是蠢蛋亂編故事的雜誌！」

美國特務努力抵抗痛楚，集中精神。他們來到了騙局的最後難關，此時目標的基本常識會試圖掌權，讓他意識到怎麼回事，一旦成功，他的直覺反應也會跟著啓動。如果目標是這群惡棍，這時就來不及了。不管目標有沒有想通所有的細節，計畫都會失敗，他會直接割了你的喉嚨，了結一切。

美國特務和蘇格蘭場的史坦迪佛探長一直都知道，警方的設局任務太成功，總有一天會危害到美國人的臥底身份。一定有人會想知道爲何計畫不斷失敗，就像眼前這位領頭的蠢蛋。

美國探員不能一直推託運氣不好，不能老說竊案發生時幾個條子剛好經過，或堅持同夥要不在睡夢中跟情人說了，就是喝醉在酒吧說溜嘴。他需要一個萬全的解釋，他需要代罪羔羊，他和探長已經想了好一陣子。

幾週前，他到蘇格蘭場時，皇家郵政送來一封信，而且郵差判斷需要直接拿到探長辦公室。

那是一封自白信。

假如只是普通的自白信，在蘇格蘭場並不罕見，甚至不特別重要。

這封信重要之處，在於收件人不是蘇格蘭場，而是另有其人。

而且這不是第一封了。還有許多信——對犯罪事件的自白、情報或提問——都寫給夏洛克．福爾摩斯，並送來蘇格蘭場。

對特殊分支的探長來說，這些信件只令他好奇，偶爾還著實煩人。

可是美國特務看到了機會。

他就像其他英語圈的人，現在很熟悉夏洛克．福爾摩斯這個名字了。他也看過群眾每個月聚集在街頭小販旁，熱切等待最新一期的《河濱雜誌》。

不過更重要的是，他開始在碼頭區最骯髒黑暗的酒吧，聽到酒客用害怕的聲音，悄聲喃喃說出夏洛克．福爾摩斯的名字。這些人的靈魂跟龍蝦爪子一樣強硬又兇殘，這下卻縮在酒吧桌旁，像圍著營火的小孩，給魔鬼的故事嚇個半死。

美國人心想，這搞不好能派上用場。

於是他花六便士買了上個月的《河濱雜誌》，讀了〈海軍協約〉。

接著他往前回溯，讀了每一篇故事，一路回到〈暗紅色研究〉。他想知道這名虛構的偵探是何等人物，爲何連老江湖的罪犯似乎都想相信他是眞人。

美國人覺得他知道原因。

雖然他渾身是血，快失去意識，他打算來嘗試他的理論，因爲他沒有選擇了。

船艙裡虐待他的惡霸幾乎在跪求原因，好解釋他們惡毒、短視的計畫之所以失敗，不是因爲他們的失誤。美國人決定給出他們渴求的答案。

他準備好了。他抬頭看向質問他的男子。

雷吉爾說，「你笑什麼？」他示意大個子舉起貨網，準備再次動手。

美國人飛快地說，「喔，對啊，你最聰明了。」網子還是揮了下來。他忍住尖叫，盡可能控制痛楚，不要開始狂亂不自主的過度換氣。過了痛苦暈眩的幾秒，他恢復意識，抬起頭。

「沒錯，你最聰明了。」他又擠出那抹笑。「我很懂你。你說的沒錯，那疊廢紙只是《河濱雜誌》，不是報紙，寫的不是上帝見證的事實。喔不，先生，完全不是。那本雜誌寫滿廉價的故事，讀過的人都會不斷轉述，傳遍每間酒吧、每座碼頭，倫敦每個妓女、扒手和股票經紀人都聽過。不過就算這樣，裡頭寫的也只是故事，你說的完全正確。」

「那就好。」雷吉爾接受他的奉承，但仍懷疑他想說什麼。

「可是沒那麼簡單。」

大個子又舉起網鞭，雙眼發亮，看著雷吉爾。

雷吉爾遲疑了一下。再打下去，上銹的男子真的會死，他會休克或失血過多。他看起來離死期不遠了，但他還沒透露他知道什麼。

雷吉爾舉起手，制止大個子。

他說，「你什麼意思？」

美國人慢條斯理朝地上吐了一口血，然後冷靜輕蔑地抬頭，看著雷吉爾。

「這本雜誌的故事不是哪個作家掰的，裡頭刊的都是傳記。你知道什麼是傳記吧？傳記不是小說，是事實。這些故事都是傳記，作者是受過教育的醫生約翰．華生，他在替他認識的偵探寫傳記——記下他眞正的回憶。如果你一直有讀，就會知道第一篇劈頭就寫『重述自約翰．華生醫生的回憶』。這些都是事實。況且他不只是醫生，還是軍醫，你知道軍方不會讓他寫虛構的故事。」

雷吉爾心生懷疑。他又看了小瘦子一眼，小瘦子強調般點點頭。「沒錯，」他說，「我在第一篇就讀到了。前陸軍醫療部約翰．華生醫生的回憶。」

「你看吧？」美國特務對雷吉爾說，「需要的話，你可以自己讀一讀。」他補上一句，「你看得懂字吧？」

這句話害他下巴又中了一拳。美國人早料到會挨打，他本來就很肯定雷吉爾其實不識字，這一拳證實了他的假設。受點小傷完全値得，因爲他逼得這群人的首領發火，不願承認他的無知，急著想證明他知道的比實際來得多。

「我當然看得懂。」雷吉爾說，「我當然讀過這些故事，我全都讀過了。」

「那你仔細想想吧。誰可能編出這些故事？想通五顆橘子籽的意思？解開瑞蓋特村地主寫的字條？你眞的以爲廉價雜誌的蠢作者能掰出這些？」

雷吉爾又看向小瘦子。小瘦子強調般搖搖頭，很得意自己知識淵博。

「好吧。」雷吉爾緩緩開口，轉回頭面對上銬的美國人。「我想這些不是虛構的故事。」爲了證明他是自己想通，他又補上一句，「畢竟華生先生是軍醫。」

「沒錯。」美國人說，「只有眞的天才能解開這些線索，也只有最聰明的頭腦才能推演又破壞我的計畫，他的智商必定與我匹敵。然而聰明人往往自大，夏洛克．福爾摩斯先生最大的弱點，就是無法隱姓埋名工作。於是他讓雜誌出版他的事蹟，也就是你們在《河濱雜誌》讀到的故事——每篇都忠實記載他的實際作爲，只偶爾更動一些細節。」

「好吧。」雷吉爾仍在思索他講的是否可能。「即使夏洛克．福爾摩斯眞有其人，也不代表你的計畫失敗都是他的錯，對吧？」

「拜託，他壞了我多少計畫，數都數不清！」美國人說，「去年我設計了一樁竊案，要不是給夏洛克．福爾摩斯看穿，可會震驚全球呢。」

雷吉爾怒吼，「證明給我看。」

「你自己查吧。」美國人說，「上個月的雜誌就登了。」

小瘦子跑過來。

他迫不及待地說，「你說的不會是海軍協約吧？」

「當然就是，不過目標不只海軍協約。你也知道，作家即使寫傳記，也會東改西改。但幕後黑手就是我。那樁竊案不簡單，要不是福爾摩斯想出文件在哪裡，我的計畫肯定會成功。」

「所以華生醫生寫的這些……這些傳記裡，夏洛克．福爾摩斯解開的犯罪事件，」

雷吉爾說，「全部都是你的計畫？」

美國人遲疑了一下。他完全沒有這個意思，這樣太容易露餡了。可是他不能顯得卻步，他需要聽起來不像否認的否認方式。

「全部？」他說，「啊，要說全部太誇張了。那些氣急攻心的案件、失聯已久的舊愛再次出現尋仇、蛇從繩索爬下來——通通跟我無關，雖然我承認蛇那一招或許挺好用的。我的都是牽扯上大筆金錢的計畫，其中甚至有一兩件也與我無關。例如紅髮俱樂部？」

小瘦子熱切點頭，顯然他全讀過了。

「也不是我的計畫。」美國人說，「不符合我的調調。假如我辦紅髮俱樂部，一定只有女生能加入，你懂我的意思吧？重點是，我出過的紕漏非常少，而這少少幾次都是福爾摩斯害的。」

「都是你在說，」惡棍首領摸摸下巴說，「都是你在說。」他看向桌上的雜誌。「但我敢打賭，如果我們看今天出的這一期，不管夏洛克．福爾摩斯的故事——」

美國人說，「傳記。」

「不管寫什麼鬼，都跟你無關。」

「說的也是。」美國人說，「我賭一鎊。」

「不，」首領冷笑說，「你要賭你的命。」

「好吧。」美國人說，「把雜誌拿過來。如果你看不懂太長的字，我可以幫忙。」

小瘦子抓起雜誌，趕忙跑向美國人。

「別過來！」他還沒靠太近，雷吉爾就下令，「別讓他看到內容。」

美國人聳聳肩，雖然這個動作很痛。「你不打開雜誌，我們就不知道誰賭贏了。」

「你讀。」雷吉爾對小瘦子說，「唸出來。」

小瘦子攤開雜誌。他很積極，但讀得不快，光在雜誌裡找到那篇文章，就將近花了整整一分鐘。

「找到了！」

雷吉爾命令，「還不快點唸！」

小瘦子開始大聲唸，「『最後一案』。」

雷吉爾說，「什麼意思？」

「這是標題。」小瘦子說，「『最後一案』。」

雷吉爾說，「那繼續唸啊。」

小瘦子開始讀。

「『我懷抱沉重的心，提筆寫下最後這篇——』」

「等一下。」雷吉爾說，「唸完要花多少時間？」

小瘦子聳聳肩。「上一篇我兩天就讀完了。」他聽起來頗爲驕傲。

雷吉爾搖搖頭。「把那本該死的雜誌拿過去。」他指向小桌。「等你搞懂在講什麼，如果太陽還沒升起，你再摘要給我們聽吧。」

小瘦子聽話走到桌旁，邊走眼睛還盯著雜誌頁面。

雷吉爾拿起貨物提單，走到美國人身旁，把文件湊到他臉前。

「簽名。簽發給收貨人，我才能拿去跟船長取貨。」

美國人搖搖頭。「我們談好的不是這樣。等你把錢拿到碼頭，我拿到我的二成五分紅，就會把貨簽發給你。」

「你當然會拿到你的份，怎麼會拿不到呢？當然不會。我保證，你可以相信我的君子之言。」

美國人只是挑釁般哼了一聲。

雷吉爾朝大個子點點頭，繩網又落在美國人背上。

痛楚激起的戰慄竄過後背，來到雙腿，又回到頭上，差點害他昏倒。他奮力保持清醒，抬起頭，直直看著雷吉爾。

「你犯了很嚴重的錯。」美國人說，「我不是一個人。你以為我只跟你合作，都沒有同夥？我在這個城市的每個角落都布了局，你也很清楚。我不邀功，但幕後操盤手都是我。你我都知道，你不可能詐騙我還留我活口。可是我的手下無所不在，如果你殺了我，一定有人會替我報仇。」

美國人說完，雷吉爾只冷笑一聲。小瘦子還在翻閱《河濱雜誌》，慢慢讀〈最後一案〉，聽到美國人的威脅，他卻抬起了頭。他重新低頭看他讀的文字，再看向美國人，視線又回到頁面上。

然後他站起身，走過來，手捧攤開的雜誌。他盯著美國人。

「你的本名叫什麼？」

美國人抬起頭。小瘦子不只臉露懷疑，還帶著近乎敬畏的表情，彷彿在考慮是否該趁早對美國人鞠躬。

小瘦子再看了一眼他讀的文章，又抬頭看著美國人，再低頭看向雜誌。

美國人心想，第二頁，他讀到第二頁了。剛好夠長了。

「既然你讀了，」美國人朝《河濱雜誌》點點頭，盡可能擠出無聲的威嚇，「就應該很清楚我的名字。」

小瘦子瞪大了眼睛，倒退遠離美國人幾步，好像他是燒太旺的營火。他轉向雷吉爾。

雷吉爾說，「又怎樣了？」

小瘦子把雜誌攤在雷吉爾眼前，手指猛戳要他看的頁面。

「莫里亞提！」

「你在說什麼？」

「他是莫里亞提教授！犯罪界的拿破崙！這上頭就寫了！」小瘦子唸起雜誌，同時指向一段文字，將雜誌拿到雷吉爾面前，害雷吉爾非常不悅。

「『他坐著動也不動，像蜘蛛網中心的蜘蛛……他自己鮮少動手，只負責規劃。可是他手下有無數特務，組織龐大。我們都說，如果想犯罪，想偷取文件，想搜刮房子，想除掉某人——只要把話傳給教授，他就會幫你規劃執行。』」

雷吉爾越發不耐煩，乾脆從小瘦子手裡搶過雜誌，塞到美國人面前：

「怎麼樣？」他質問道，「給我招了，這個人是你嗎？」

美國特務用盡意志，完全控制住呼吸，徹底掌握表情，甚至不再流汗了。他平靜地直直看著雷吉爾，露出非常冷酷的微笑說：

「你也許希望我不是，可惜你的希望落空了。」

「喔，天哪。」小瘦子說，「我們完了，我們完了。他的手下不會放過我們！」

「給我閉嘴！」雷吉爾大叫，「我需要思考。」

顯然為了促進思考，他轉過身，用手掌抵住額頭，彷彿想擠出好主意。他揉搓右臉頰上與下巴平行的紅色胎記，回過頭，盯著美國人好一陣子。

接著他示意室內另外兩人——也就是沒有銬在柱子上的每個人——到遠端角落集合。他悄聲說話，聲音輕得上銬的美國人幾乎聽不見。

「他也許是莫里亞提，也許不是。無論如何，我們都不能替他鬆綁。該死，我們不能回頭了。不過別人不需要知道是我們下的手。首先，我們叫他把貨物簽給我們，再把他的屍體丟去撞火車。」

手拿繩索的男子悶哼一聲，小瘦子積極點頭。

三人一起回到上銬的男子旁邊。

雷吉爾把貨物提單伸到他眼前。

「我才不鳥你到底是誰。」雷吉爾說，「給我簽名！簽發給收貨人，我才能拿去跟船長取貨。」

美國人怒目向上瞪著雷吉爾，然後說：

「我需要桌面寫字。」

雷吉爾一時滿臉困惑。

「你以為我能在半空中簽名嗎？」美國人朝小木桌點點頭。

雷吉爾考慮了一下。

他說，「嗯，我們可不能替你鬆綁。」他轉向小瘦子，「把桌子搬過來。」

小瘦子提起煤油燈，交給拿繩索的男子，然後清掉小桌剩下的東西。他把桌子搬過來，放在雷吉爾和美國人旁邊。

「我沒辦法彎那麼低。」美國人仍銬在柱子上，他站直身體。「我的背不太好。」

小瘦子跑回去，拿來跟桌子成套的三腳小凳子，替美國人放好。

「我可以坐下嗎？」美國人對雷吉爾說，口氣充滿諷刺。

雷吉爾低吼了一串聽不懂的話。

美國人雙手仍綁在柱子上。他往下滑，坐在小凳子上，挪到桌前，一副要喝下午茶的樣子，然後抬頭看著雷吉爾。

「如果要我簽名，我想你需要替我鬆綁，至少一隻手。」

雷吉爾看著血肉模糊、自稱莫里亞提的男子，決定冒一點險沒關係。他示意拿繩索的男子鬆開一隻手臂。

美國人轉轉手指和手腕，似乎想恢復血液循環。

小瘦子將筆沾上墨水，拿到美國人眼前。一滴黑色墨水從金屬筆尖落到桌上，美國人的血已經開始滲進桌面的木頭。

他接過筆，盡可能穩住手，開始簽署貨物提單。

雷吉爾說，「這才像話。」

美國人一手自由了，握筆的手。他沒有時間了。

他簽了名，但不是依照雷吉爾的要求，簽發給收貨人，而是給了別人。他知道接下來他要不上刀山就是下油鍋，但無論如何，他都要守住新編的假身分。即使救不了他的命，或許也能拯救別人。

美國人用自由的手握筆，上銹的手把簽好的提單推過桌面給雷吉爾。接著他垂下頭，彷彿終於昏了過去。

雷吉爾朝美國人冷笑，拿起文件轉頭走開。

他和雷吉爾的團隊合作了三個月，除了把咬過的菸草渣吐進一公尺外的痰盂，美國特務從未在他們面前展露更厲害的體能。他避免在酒吧打架，也不會爲了完成竊案爬過二樓窗台——他都交給小瘦子去做。他不會隨興在路上跟人打板球，雖然他想打得不得了，他在紐約的地獄廚房長大時，棍球打得可好了。

現在美國人裸著上身，他們或許還能注意到他不像只會規劃犯罪。不過要說這群人除了生性多疑，還有什麼更明顯的特質，那就是自大了。更別說他們以爲美國人已經一半進了棺材。

當然，這時他自己的評估也差不多了。

所以他更沒有後顧之憂了。

小桌子就在他面前，只有九十乘六十公分大。由於他堅持，他現在坐在三腳小凳子上。

雷吉爾站在六十公分外，與美國人隔著小桌。他看不懂貨物提單的內容，於是如美國人所料，他向左轉，把簽名給小瘦子看。

大個子站在桌子另一側，離開了原先在柱子後方的位置。太好了。他手裡還拿著貨網。

美國人的左臂依舊銬在柱子上，只有右手重獲自由，所以他只能在半徑約兩公尺的範圍內出擊。他轉動手中的筆，靜靜等待。

「天哪。」小瘦子讀著手中的提單，叫了起來，「他簽發給莫里亞提！他把貨簽給自己！」

小瘦子和雷吉爾雙雙回到桌旁，雷吉爾憤怒地逼近美國人，想掐住他的喉嚨。特務抓著筆往前一戳。

三人當中，雷吉爾最危險，美國人知道一開始就得殺了他。他不只打算把筆戳進雷吉爾的右眼，還想徹底刺穿。然而在頭暈眼花的狀況下，他戳歪了——雖然差得不遠，但對他的目標來說，卻是生死之差。

或至少是部分眼盲跟死亡的差別——那一戳還是挺驚險的。雷吉爾又痛又氣，放聲尖叫，血從右眼下方汩汩流出，他用雙手摀住臉。

小瘦子趕忙後退，但動作不夠快。美國人站起身，抓住凳子一隻腳，用力揮向小瘦子的下巴。

這時他感到繩網一揮而下，不只皮開肉綻的後背一陣刺痛，連臉和雙臂都遭殃了。看來大個子的動作正如美國人所需——他靠得很近才出手。

大個子還沒從揮網子的前傾動作回身，美國人便轉向左側，抓住大個子頭頂的頭髮，利用對方的重量，把他的頭重重撞向桌子。

可是雷吉爾到哪兒去了？他不在美國人的視野內，表示他一定繞到後頭，可以躲在制住美國人的柱子後面，拿刀出擊。太不妙了。美國人完全知道雷吉爾會怎麼做，他試圖轉身阻止。

但是來不及了。

2

蘇格蘭場，幾天後

特殊分支的史坦迪佛探長人在他的新辦公室。辦公室位於剛完工的倫敦都市警部總部，紅白色磚造的五層樓房光鮮亮麗，探長最近升官後，辦公室甚至還有窗戶。

但他實在太擔心，無暇欣賞周遭環境。他從椅子站起身，踱步到窗前，往下看維多利亞堤岸路上的行人和卡搭卡搭駛過的雙輪馬車，宛如焦急等待火車的人看著鐵軌，但眼前的景象毫無希望。

他回到位子坐下。這時皇家郵政的年輕信差來了，有點遲疑地站在門口。

探長說，「怎麼了？」

「先生，又有一封信，寫給——呃，您也知道是誰。」

史坦迪佛嘆了一口氣。他還有更重要的事要忙，但他還是接下信，看了地址，點點頭。他刻意頓了一下，才打開信封。

他定了一套程序來處理這些信，並自認必須遵照辦理，雖然皇家郵政當局從不曾來正式檢查。

「這封信的收件地址是貝格街二二一號B座。」探長說，「你有試著把信投遞去這個地址嗎？」

皇家郵政的信差回答，「有，先生。」他很熟悉這套程序了。「可是沒有貝格街二二一號B座這個地點。」

「這封信的收件人是夏洛克・福爾摩斯先生。你有試著尋找這個人，把信交給他嗎？」

「有，先生。可是我找不到夏洛克・福爾摩斯這個人，無法把信交給他。」

「好吧。」探長說，「蘇格蘭場會代爲收下這封信。」

自從現在出名的亞瑟・柯南・道爾發表了短篇小說〈暗紅色研究〉，過去兩年間，他們重複這套程序好幾次了。

探長知道，一開始皇家郵政的小夥子只會看看收件人的名字，拿信對著燈光，好好笑一場。信件內容不外乎請求他詳細說明用石膏模採取足跡的方法，或詢問夏洛克・福爾摩斯先生針對菸草類型和來源寫的專題論文。他們把大部分的信都交給亞瑟・柯南・道爾。

可是後來自首信開始湧入，大多是輕罪，但仍不能忽視。於是皇家郵政把這些信帶到蘇格蘭場。

探長從沒把這套程序寫下來——他想要保有否認權。自從他成為特殊分支的首長，他想保有否認權的事越來越多。

但他還是會遵守程序。他對皇家郵政的信差說：

「你有小心軟化封蠟，打開信封看過內容，再小心重新封好，好讓別人不會察覺嗎？」

「當然沒有，先生。皇家郵政不會拆民眾的私人通信。」

「你有拿信對著燈光，試圖看透信封嗎？」

「我可能不小心這麼做了。」

「依照你不小心看到的內容，你認為信應該送來這裡？」

「是的，先生。」

史坦迪佛說，「所以你認為信中提到犯罪事件？」

信差說，「他不只提到，還自首了。」

他們終於完成了程序。

史坦迪佛說，「我們來讀信吧。」

皇家郵政的信差欣然交出信。史坦迪佛不再故弄玄虛，打開信封看了一眼：

親愛的福爾摩斯先生：

首先，我希望您知道，假如有其他選擇，我絕不會犯罪。可是債主向我追討五十鎊，每一週還不出錢還要追加十鎊。您也知道，這些傢伙惹不起的。

所以我犯罪了，我非常抱歉。不過我只犯過一次錯，您不會因此就把我這樣的年輕人送進新門監獄吧？

好吧，我知道騙不了您，您可是世上最偉大的偵探。我乾脆別試了，開門見山直接承認吧：這不是第一次了。

可是我眞心相信，如果我的成長環境好一點，我就不會犯罪了。我知道您一定覺得這個藉口很差，但我才五歲爸爸就離家，我媽又欠缺大家說的母性本能。我長成這樣，誰能怪我？

即使如此，我還是想告訴您，我已經改過自新，不會再犯了。這是我在沙夫茨伯里大街從老太太錢包搶來的二十鎊，我聽說她恢復得不錯。

請不要送我去新門監獄。

無名罪犯敬上

唉，這有什麼用——我叫伊凡．柏克夏，反正您也會查出來。

但請不要送我去新門監獄。

伊凡．柏克夏敬上

「這個城市還在成長。」探長對郵差說，「總有一天，我想馬里波恩區會稍微擴大，屆時貝格街可能就有兩百多號了。到時候你要怎麼辦？」

「先生，我會把信送到收件地址。如果我找得到夏洛克・福爾摩斯先生，我會把信交給他。如果我找得到貝格街二二一號B座，我會把信投遞到那兒。但既然我兩者都找不到——」

「你會把信送來這兒，很好。」史坦迪佛說，「謝謝，你可以走了。」

但信差依然站在門口。

「還有別的事嗎？」

年輕人從袋子裡拿出另一封信。

「先生，我也希望沒有，可惜事與願違。」

探長拆開信，開始讀。

接著他深吸一口氣，坐了下來。

攤開的信還放在他面前，他對信差說：

「你出去的路上，經過透納警官的辦公桌時，請他過來好嗎？」

「沒問題。」

「別跟任何人提到這封信。」

「是，先生。」

信差離開了。探長繼續坐在椅子上，盯著那封信整整兩分鐘，直到透納警官來到門口。

三十歲的警官說，「長官，怎麼了？」

探長說，「把門關上。」警官聽話關上門。

探長把信推到警官面前，他看了一眼。信是手寫的，末尾用草寫簽了雷吉爾這個名字。信的內容如下：

親愛的夏洛克・福爾摩斯先生：

有些說人你是眞的，有些人說你是虛構的。

我直接告訴你，過去我屬於後者，但最近我發現並非如此。

然而我想你也知道，《河濱雜誌》說你已經死了。你從據說極爲可怕的雷清貝瀑布墜落，跌入死亡的深淵——連同傳奇人物莫里亞提教授。

假如屬實，我很慶幸你死了，請原諒我這麼說。

可是假如不然——而我確實懷疑，因爲你和莫里亞提教授的屍體都沒有尋獲，也沒有目擊證人，只有你手寫的字條卡在瀑布邊緣的石塊上，還不能保證是你寫的。如果這只是你聰明的詭計，你現在還在倫敦神出鬼沒，等待我們這些可憐的傢伙現身——我希望你知道，我幫了你一個大忙。

莫里亞提教授現在確實死了，我殺了他。

你說我要怎麼證明？我怎麼知道殺的人是莫里亞提？第一，在我了結他之前，他親口說的。

他往生之前，我還讓他受了不少苦，就不跟你多收費了。

我當然不會報上我的地址或本名，不過大家都叫我雷吉爾。你想要的話，可以在《泰晤士報》回信給我。我只求你一件事：如果蘇格蘭場向你問起我和我的作爲，麻煩你婉拒回答。你可能聽過我的謠言，就請你忘了吧。畢竟從大局來看，區區五萬英鎊算什麼？你還要擔心皇室緋聞和國家的命運，請將心力放在那些事情上，讓我這種小魚溜過吧，對我們都好。

福爾摩斯先生，寬以待人如待己是我的座右銘。你不干涉我，我也不會干涉你。

這下警官變得跟探長一樣憂鬱。他放下信。

他靜靜地說，「這個叫雷吉爾的人，還有五萬英鎊的事……」

「對，」探長說，「我們美國特務潛入的僞鈔計畫。」

「他說『往生之前受了不少苦』……」

「沒錯，透納，我回答你的問題吧。我毫不懷疑，他們刑求了他。」

探長的口氣有些尖銳。他抬頭看著年輕警官。

「抱歉，」他說，「早上發生太多事了。」

警官在探長辦公桌對面的椅子坐下。他盯著信，再看向探長憂鬱的臉，又將視線轉回信上。

透納說，「所以莫里亞提教授是怎麼回事？」他壓低聲音飛快地說，「難道……我們的人受盡折磨，精神錯亂了？」

探長搖搖頭。「完全沒有。其實先前我跟他就考慮過這個方法了。」

「什麼意思？」

「美國探員假扮犯罪規劃家太成功了，大批的新手罪犯慕名而來，速度超乎我們預期。我們原先只打算每隔幾週抓幾個人，分散開來，間隔足夠時間，才不會有人發現蹊蹺。可是罪犯人數太多，來得太快了。我們意識到這些惡棍被抓之後，可能在獄中碰到同行，互相分享怎麼失手，就會馬上發現他們都替同一個人工作。一旦發現這件事——這些傢伙不太聰明，但多少會感覺有鬼。所以我們需要一個藉口，解釋為什麼比較邪惡的惡霸一直被抓，把原因都怪罪給一個人。上週我們才開始考慮用夏洛克・福爾摩斯。」

「你是說，你們認真考慮叫罪犯把計畫失敗怪到《河濱雜誌》的角色頭上？」

「罪犯都相信他是真人，所以你說的沒錯——我們要拿虛構角色當代罪羔羊，掩飾特務實際做的事。當然，假如我們知道柯南・道爾要賜死他的角色，我們就不會考慮了，但我們不知道。如果能讓雷吉爾和其他人相信他們的計畫之所以失敗，不是因為有抓耙仔，而是因為一名知識分子聰明無比，只要讀讀早報，推論出他們的犯罪行動細節，就能破壞他們的計畫——嗯，很好啊，何樂不為？」

透納點點頭。「好吧。不過我聽過夏洛克·福爾摩斯，」他說，「倒沒聽過莫里亞提這個角色。」

「你接下來就會看到了，他剛在這個月的連載出現，之前我也沒聽過他。不過從這封信看來，只要說服他們相信夏洛克·福爾摩斯眞有其人，要他們相信莫里亞提存在也不難。」

探長一臉厭惡，把雷吉爾的信推到一旁。「相信到做出這種事來。」

透納說，「我知道美國特務結婚了。」

「對。」

透納說，「而且他的妻子懷孕了。」

探長說，「要命。」他可不知道。

他停了好長一段時間，陷入沉思。

決定好該怎麼做之後，他站起身。

「我們必須採取措施。」探長說，「不能讓這群敗類發現他的遺孀，否則他們會找上她，逼問他可能跟她說了什麼，即使他什麼都沒說也沒用。」

「好的，長官。不過他們不知道她的名字吧？」

「沒錯，他們不知道，而且我們要確保他們不知道。我們要維持她先生的假身分。」

「你是說他姓莫里亞提這件事嗎？」

探長點點頭說，「你以前在僞造罪部門吧？」

「對，長官，現在也是。」

「你學得上手嗎？」

「我不確定您——」

「透納，別跟我裝傻。聰明的警察在特定領域做久了，都會跟那些騙子學到同樣的技巧。所以我問你——你的手藝如何？」

「還過得去，長官。」

「好，你需要更動一些記錄。他們懷疑殺的人是不是莫里亞提，我要讓他們相信是。如果他們來查，死亡證明上就會寫這個名字。你可能也要去護照辦公室一趟，那邊的紀錄必須吻合他的假身分。」

「我懂了，長官。」

「我會在《泰晤士報》撰文回覆這封信，署名『夏・福』。我要告訴他們，福爾摩斯和莫里亞提在雷清貝瀑布雙雙生還，不過這群蠢蛋現在眞的殺了莫里亞提，等他的手下聽說，他們就吃不完兜著走了。我要他們精神緊繃，我要他們完全相信我們特務撒的謊，就像他們相信那本雜誌裡的故事。」

「長官？」

「《河濱雜誌》，透納，《河濱雜誌》。行行好，拿過來。這裡，〈最後一案〉。除了宣稱福爾摩斯和莫里亞提都生還，我們替他留下的紀錄都必須符合雜誌內容。」

「沒問題，長官。」

「還有啊，透納……」

「長官？」

「等你完成後……」

「是，長官？」

「我們就不要再提到這件事了，彼此不說，也別跟任何人說，永遠不行。懂嗎？上級找我的麻煩已經夠多了。」

「我完全了解，長官。」

「你可以走了。」

年輕警官離開了。

探長嘆了口氣，在辦公桌坐下。他拿起自己的《河濱雜誌》，攤開來，盯著裡頭的故事看了好久。

「道爾先生，你本來會成為我們的好幫手，現在卻成了大麻煩。當然是我們不對，我們應該把計畫告訴你。不過也許有天，你能幫我們撥亂反正。」

3

幾天後

史坦迪佛探長關上窗戶，抵禦十二月早晨凜冽的寒風。不過今天他感覺比這週前幾天好多了。

他甚至轉而擔心起愛爾蘭人的問題，還有無政府主義者的問題。擔心這些都比他先前處理低賤的僞鈔集團好多了，也更有機會替他在上級眼中加分。他開始覺得他確實要平步青雲了。

這時他聽到透納惱人的敲門聲。年輕警官打開門，探頭進來。

透納說，「長官，有位女士來見您。」

「她叫什麼名字？」

「我轉述她的話：『關於這一點顯然還有待商榷。』」

探長心想，聽起來不妙。

他說，「帶她進來。」

警官暫時離開辦公室，然後打開門，讓一名年輕女子進來。探長馬上認出她來。她是美國特務的妻子，他的遺孀。

她大概二十四歲，身材嬌小，留著烏黑的頭髮，翡翠綠的眼睛引人注目，卻又令人有點不敢直視。

而且現在很明顯了——她確實懷孕了。

他的心一沉。慘遭謀殺的美國特務留下遺孀已經夠糟了，多加一個沒父親的孩子實在讓人難以接受。

探長起身迎接女子。

她說，「探長，您記得我嗎？」

「當然，您是——」

他知道她的本名——她先生的本名——但他還來不及說出口，她馬上就打斷他。

「莫里亞提太太。」她說，「至少法醫辦公室這麼說的。」

「請坐。」探長替她拉出椅子。「我可以解釋。我本來以為，」他才開口，又頓了一下，「我本來以為您會等到葬儀社處理完畢，再去——去觀賞。」

「觀賞？」她說，「一般是這麼說嗎？他現在變成展覽了嗎？」

「我非常抱歉。」

「探長，他是我的丈夫。」女子頗為冷靜地說，「我可以理解您不希望我看到他的死狀。」

探長吸了一口氣，想說些安慰人的話，卻想不出來。

「火車意外的屍體，」他開口說，「實在……實在不好看。但對受害者來說，至少……一瞬就結束了。」

「拜託，」女子說，「請別告訴我，我在丈夫身上看到的傷痕是火車造成的。」

探長只想把臉埋進手裡藏起來。他想不出更好的方法，只得搬出官腔回應。

「容我致上最誠摯的歉意。只要蘇格蘭場能提供任何幫助——」

「蘇格蘭場能提供任何幫助？」她用驚訝的口氣重複他的話。

他無言以對。

「好吧。」她繼續說，「已經有人很明智地建議我離開倫敦，盡快回去美國。我也拿到了回國的船票，還是二等艙呢。」她從皮包拿出船票，又補上一句，「至少不是下等艙，我該心存感激了吧。」

探長站起身，很高興他還有辦法補救這個問題。

「我馬上幫您改票。」他的口氣也許太積極了一點。

「史坦迪佛探長，坐下！」女子吐出一句命令。

他坐下來。

她隔桌瞪著探長好久，才說：

「我不會離開倫敦，甚至不會離開您的辦公室，直到您跟我解釋，爲何我丈夫過世時，半個背都皮開肉綻見骨了。」

女子往後靠著椅背，揚起下巴，微微泛淚的雙眼直盯著探長。他在位子上稍稍扭了一下。

「我……我無權告訴您。」

「那我也無權離開。」

「知道眞相不會減輕您的痛苦。」

「什麼都無法減輕我的痛苦，但我要知道事發經過，不管要您告訴我有多困難。」

假如她沒有加上最後一句，探長還可能堅持下去。轉瞬之間，她就把重點從她的處境轉到他身上，而他的立場確實站不住腳。他心想，她的談判技巧是與生俱來，還是後天學來的。

他對上她直率的眼神，判定她是天生的高手。

「您的先生，」他長嘆一口氣說，「跟您說過多少？」

「他在您手下臥底工作，而且他對自己的工作非常自豪。」

探長點點頭。

「他說的有道理。」他說，「我把我知道的部分都告訴您吧。」

他這麼做等於違反規定，但他知道她不會放棄。況且告訴她之後，或許她就會了解她的處境多危險，而願意立刻離開倫敦。

「您的先生混入倫敦最危險的僞鈔集團。」探長說，「他讓對方相信他握有豐富的資源——其實是蘇格蘭場的資源，但他們當然不能發現——能擴大他們的計畫規模，超越他們最瘋狂的想像，不但能把僞鈔和違禁品出口到歐洲大陸，還能運到美國。

「他說服對方把五萬鎊僞鈔換成一批頂級威士忌。貨品放在后翼棄兵號的船艙，船現在停靠在聖凱瑟琳碼頭，準備今晚啓航前往紐約市。他簽了交易合約，把貨物提單給對方。他們認爲只要帶僞鈔前往碼頭，拿出提單，就能載著價值五萬英鎊的威士忌前往美國——這還只是批發價呢。

「但集團成員起了疑心。我們做過頭了，害他們懷疑您先生的身分，所以他們才——才對他做了那些事。我非常非常抱歉。」

女子眼神朦朧，彷彿飄到遙遠的地方，也許代替先生來到了船艙。

她重新集中精神。

「所以他們對他刑求，逼他坦承他替蘇格蘭場工作。」

「對。」

「可是他沒有鬆口。」

「沒有。最後爲了轉移他們的注意，我認爲他嘗試說服對方，把失敗的計畫都怪罪給這本雜誌裡的虛構角色。」

他拿出《河濱雜誌》。她拿起雜誌，瞥了一眼，不屑地放下。

她說，「他們當然不相信這種事吧。」

「這個嘛——其實他們信了。我認爲他終究說服對方，相信他規劃的聰明犯罪計畫，都給名叫夏洛克．福爾摩斯的諮詢偵探搞砸了。他們也相信夏洛克．福爾摩斯眞有其人，華生醫生替他寫了傳記，而亞瑟．柯南．道爾只是華生的經紀人，替他出版這些該死的故事。最後，您先生還讓他們相信，他本人——別忘了，他從來沒說出他的本名——其實是最近這篇故事裡的莫里亞提教授，他甚至用這個名字簽署貨物提單。他的計畫極有可能成功，我相信一開始確實有用。」

「那爲什麼失敗了？」

探長拿起雜誌，緊緊抓著，彷彿能從中找到方法改變過去。他鬆手讓雜誌落回桌上。

「即使這群人渣相信你，他們還是非常危險。這個月的雜誌上週才出刊，對我們可說是雪上加霜。我相信您的先生臨場應變時並不知情。」

「知道什麼？」

「故事結尾，夏洛克．福爾摩斯和莫里亞提都死了。」

他拿起雜誌，想翻到他講的頁面。

「他們在雷清貝瀑布墜落水底深淵。就在這裡，接近最後——」

「探長。」女子伸手壓住雜誌，阻止他。「您不需要給我看。您的意思是，這個故事害死了我先生嗎？」

「不，不。這個故事幾乎救了他一命，甚至讓他的眞實身分免於曝光。可惜到頭來，他們……我很抱歉。不管信不信，他們本來就打算殺了他。他們寄來了這封信。」

他把雷吉爾寄給夏洛克．福爾摩斯的信交給她。

她花了好一會兒讀信，然後把信摺好，放在面前桌上。她抬頭看著探長。

女子說，「警方要如何將這些人繩之以法？」

「親愛的太太，」探長說，「我們正在採取行動。成功後，我保證會把完整的說明寄給您。」

「寄給我？」

「寄到您在美國的地址。」

女子花了一會兒消化這件事。她看來不像要反對，況且她完全沒道理留下來，但她心頭顯然還有事。

她傾身向前，直直看著探長，臉部肌肉繃緊，免得發抖。她看似隨時都可能崩潰，稍早展現的氣勢不復可見。她說：

「探長，我和我的孩子該怎麼過活？」

探長愣了一下，然後說：

「紐約市警局總該有準備——」

「我先生買了壽險，紐約市警局還有寡婦及孤兒基金。」

探長說，「啊。」他希望這表示一切都有著落，但他心底知道沒那麼容易。

「探長，」女子又說了一次，「我們該怎麼過活？」

兩人陷入長長的沉默。探長無法回答。

門口傳來敲門聲。

探長說，「等會兒再來。」身爲紳士，他不能利用這個機會，從如坐針氈的對談脫身。他考慮過，但打消了念頭。

然而敲門聲沒有停，門外的警官用頗爲急迫的聲音說，「長官，我是透納。」

這可不一樣了，探長知道他要說什麼。

探長說，「請進。」透納開門進來。

他看起來稍嫌激動，有點喘不過氣。不過當他看到女子坐在桌邊，他閉上了嘴。

「透納警官，」探長說，「這位是——」他及時阻止自己說出她的本名，「莫里亞提太太。」

警官的臉沉了下來，朝她點點頭。「太太，請節哀順變。」

「謝謝，警官。」

透納看向探長，判斷是否該繼續說。

「沒關係，透納。」探長說，「你就報告吧。太太剛問那些罪犯該如何繩之以法，她對你的報告一定有興趣，我也希望她聽聽。我自己都等不及了。」

透納懷疑地看了探長一眼。

探長說，「警官，請繼續。」

「好吧，長官。」透納說，「依照計畫，我們黎明前在后翼棄兵號集合。我派詹金去貨艙，道森躲在船尾，威金斯躲在靠近船頭的木箱後面。我上船頂替船長，等雷吉爾來。如我們所料，日出過後，他和兩名手下馬上就到了。」

透納停下來喘氣。探長微微露出冷酷的笑。他會很滿意接下來的報告，他也希望寡婦聽聽蘇格蘭場如何迅速又確實地出動，聲張她合理要求的正義。

探長說，「繼續。」

「雷吉爾要一名手下把兩個帆布袋扛上船。他的手下打開袋子，我確認裡頭確實裝滿一綑綑五鎊、十鎊和二十鎊的鈔票，總額接近五萬鎊，而且全是假鈔。當然，我沒露出知情的樣子。」

透納吸了口氣。

探長說，「然後呢？」

「我告知雷吉爾先生，我代表蘇格蘭場和女王麾下的特殊分支，要以製作偽鈔和謀殺罪名逮捕他。同時威金斯也告知了他守在船頭的手下，可惜對方拒捕，威金斯只得用警棍打了他的頭好幾下，那名手下已經往生了。這時道森從船尾拿著警棍過來，準備逮捕第二名手下，我們預期他也會拒捕。可是道森在濕滑的甲板上滑了一跤——事後他告訴我，他從沒上過船，我知道我應該先問過才對。第二名手下從外套內裡口袋掏出一把六發的左輪手槍，朝我的方向開了兩槍。詹金及時從貨艙趕來，用警棍打了嫌犯的頭好幾下，那名手下也往生了。」

透納頓了一下，看著探長，顯然認爲此時他會追問某個問題。探長只是一臉期待地回望他。

探長終於說，「然後呢？」

「長官，兩槍都沒打中。」

探長不耐煩地點頭，彷彿理所當然。他說：

「雷吉爾呢？」

透納挺直身子，好像在參加閱兵典禮。

「長官，混亂之中，雷吉爾跳下船，我聽到濺水聲。我們緊密監控他可能出現的所有地點，但沒有找到他。」

「可惡！」探長跳起來，雙手重重一拍桌子。

透納站得跟電報桿一樣直。「長官，也許他淹死了，不無可能。」

「也許有天我會成爲首相，但我不會建議你把薪水賭在我身上！」

透納站在原地，任探長繞著他打轉。

探長停下來，看向坐在桌旁的寡婦。他無視仍站著的透納，對她說：

「我很抱歉。」

女子抬頭看著探長，彷彿問他爲何道歉。然後她看向透納，他什麼也不敢做，只是僵硬地站著，直直看前方的牆壁。

她又把視線轉回探長身上。

「喔。」她說，「您本來希望警官殺掉雷吉爾，藉此彌補我丈夫的死，把他們當棋盤上的棋子，一命抵一命就能打平。我懂了。」

探長確實這麼想，現在他深感羞愧，漲紅了臉，冷汗直流，幾乎跟透納一樣。

「探長。」女子毫不猶豫就打破分際。「也許警官可以先離席了？」

探長趕忙點頭，告訴透納警官可以走了。

透納打開門，但他還沒離開，女子又開口了。

她說，「警官——」

「是的，太太？」透納馬上立正站好。

她誠摯地說，「非常感謝您的努力。」

「太太，謝謝您這句話。」他離開了辦公室。

探長回到辦公桌坐下，暫時避開面前寡婦的視線。探長手上最好的牌，就是讓她親耳聽到刑求謀殺她先生的人已經伏法，但結果沒有他想得順利。

這下女子還在倫敦，還坐在他的桌前，害他心生愧疚。

他試著改變策略。

「我認爲，」一會兒後，他說，「既然雷吉爾還逍遙法外，您更應該盡快離開倫敦。他不知道您的本名，而您回美國的船票是用本名訂的。目前他只知道您的先生姓莫里亞提，即使他費心去查官方死亡證明，也會得到同樣的答案。我確保所有跟您先生有關的文件——護照、死亡證明、貨物提單——都顯示莫里亞提的名字。現在您用本名離開很安全，雷吉爾再怎麼努力，也找不到您。可是假如您留下來——啊，我們不知道罪犯會做什麼，也許他會取得線索，找到您。」

探長停下來，他不確定寡婦到底有沒有在聽。

不過她抬起頭。

「探長，」她說，「如果我沒聽錯您和警官的解釋，我先生以假名莫里亞提簽了購買船上貨品的合約。依照他的臥底計畫，他應該要帶著貨品前往美國出售。」

「對。」

「現在貨物提單顯示貨品的所有人是莫里亞提——同樣符合您的臥底計畫設定。」

「對。」

「那批威士忌價值五萬英鎊。」

「對。」探長說，「那是整批貨的批發價。」他開始擔心她想說什麼了。

「貨品是違禁品嗎？」她問道，「是蘇格蘭場先前從別的任務查扣的非法商品，剛好拿來用嗎？」

探長趕忙說，「不是。」他眞的很好奇她問這些問題要做什麼。「蘇格蘭場不會挪用遭竊商品，至少我的部門不會。我們付錢買了那一艙貨品，專門用於這次任務。」

「我想現在計畫結束了，蘇格蘭場必須賣掉威士忌，才能將資金歸還管理金錢的政府機關金庫。可是除非蘇格蘭場打算進軍威士忌零售市場，否則應該會賠本吧？」

「對。」探長陰鬱地點頭，「蘇格蘭場不是威士忌零售商。任務記錄會記下所有支出，以及主要目標逃逸的事實。我的上級不會認爲任務成功，我也必須負責。不過這不是現在我最擔心的問題，您也不需要介意。」

女子笑著點頭，幾乎有點紆尊降貴。她說：

「探長，我的建議如下：身爲我先生的遺孀，我會以莫里亞提太太的身分取得這批貨品。您要簽署切結書作爲證明，以防官方單位尋查。身爲我先生的遺孀，我繼承了貨品，依照他的臥底計畫，代替他帶著貨品前往紐約。抵達之後，我會用我能談到最好的零售價格賣出貨品，再將購入貨品的批發價全額歸還給您——給蘇格蘭場。不過我會留下剩餘的利潤，給我和未出世的孩子。」

探長直盯著她。

「探長，」她繼續說，「如此一來，您能將支出款項全額還給蘇格蘭場。除此之外，我想更重要的是，即使我先生過世了，您也能維持他的臥底身分，藉此分散罪犯對其他外勤特務的注意，讓他們繼續進行類似的臥底任務。我想您應該有其他外勤特務吧？」

「對。」探長說，「但我打算把他們全都召回，終止所有計畫。發生您先生的事件後——」

「當然，這是您的決定。我先生付出了重大代價，我以爲您會想看他的任務還有什麼價值。我以爲您會希望，這些容易上當的倫敦罪犯繼續相信眞有諮詢偵探夏洛克・福爾摩斯，能破壞我先生——已逝的莫里亞提——這等犯罪天才規劃的最佳計謀。如果您擔心雜誌寫的結局——那篇故事叫什麼？〈最後一案〉嗎？嗯，我跟您說，小說裡有人摔下瀑布時，不管瀑布再怎麼恐怖，只要在故事裡或實際上都沒有尋獲屍體——啊，未來發生什麼都不奇怪吧？或許您可以客氣地向作者要求——」

探長站起來，迫切想找個合理的原因反對她的打算。

「親愛的太太，」他絕望地脫口而出，「您眞的懂威士忌嗎？」

「我知道我先生到這兒以後，開始喝一種叫麥卡倫的酒，而且很喜歡。至於我，我從來不喝酒吸菸，也不打牌或賭馬。我不參與男人的各種娛樂活動，只享受其中一項，但那永遠是我和先生的私人娛樂。不過我懂數字，探長，您可以放心，我會好好利用那批貨品。」

「莫……莫里亞提太太。」探長哀求道，「假如您沿用這個名字，未來雷吉爾要是做了什麼，我無法保護您。」

寡婦站了起來。

「探長，我會住在紐約市。您有多了解紐約市的愛爾蘭人？」

「您先生跟我提過一點。我們會雇用他，也跟他這方面的經驗有關。」

寡婦笑了。

「我就是愛爾蘭人。」她說，「紐約市的愛爾蘭人，我的家人也是。如果雷吉爾先生想來地獄廚房取回他的貨品，我很歡迎他來試試。」

寡婦走向門口，卻又停下來，非常刻意地轉頭面對探長。

「雷吉爾先生寫給您的信，可以麻煩給我嗎？」

「眞的不行，我很抱歉，我們必須保留歸檔。」

莫里亞提的寡婦點點頭。「就聽您的吧，」她說，「我只是想，也許有天能把信還給他。那麼請您行行好，另外簽署這份文件，一起放入官方記錄。」

她交給探長一張打字機印的單頁文件。他迅速讀過，抬頭看著她。

「我不懂。」他說，「您刻意保留莫里亞提的名字，好帶著貨品離開。爲什麼您又希望這份文件證明您的先生不是莫里亞提，而是替蘇格蘭場工作？」

「因爲我不希望我們的小孩或後代一輩子不知道父親的眞實身分。」

「您可以親自告訴他們。」

「我當然會，但未來充滿了未知數。我希望在蘇格蘭場留下記錄，警方才會記得追捕雷吉爾這名惡棍付出多少代價。未來如果有人問起，也能有證據。」

探長不想簽這份文件，他試著想辦法勸退她。

「您不擔心，」他說，「這份文件落入壞人手中——如果雷吉爾發現您的身分……並找到您？」

女子說，「我衷心相信您不會讓文件落入壞人手中。」她又輕聲加上一句，「假如我和雷吉爾先生狹道相逢，也許是他該擔心。」

探長嘆了口氣說，「啊，我們還是盡量避免走到這一步吧。」他在文件上草草簽名，把警官叫回辦公室。

探長說，「透納會負責處理。」他把簽好的文件交給警官。

「探長，謝謝您。」女子說，「祝您有美好的一天，我想我們不會再見了。」

她走出辦公室。

透納拿著文件，正要跟著離開，探長卻叫住了他。

「你拿著文件要去哪裡？」

警官說，「去檔案室歸檔。」

「想都別想。」探長說，「我不是說這件事不要留紀錄嗎？」

「對，長官。」

「嗯，所以呢？」

警官想了一下，但不知道該說什麼。他只是遵照程序，還有女子的要求罷了。

「先確保那個寡婦離開警局。」探長說，「然後把文件拿到後面，丟進焚化爐，信也一起燒了。」

警官說，「沒問題。」他走出辦公室，努力不要讓想法表露在臉上。

探長如釋重負嘆了口氣，重新在辦公桌坐下。雖然過程不太順利，但事情至少結束了。

探長辦公室關起的門外，透納警官停了下來，思索是否該敲門，公然跟探長再討論一次。

處理文件都有既定程序。蘇格蘭場已經爲這類來信設了檔案櫃，那封信應該歸檔才對。簽名的文件則應該拿去紀錄部門，準備存入檔案室，或保存到地獄凍結爲止，看何者先發生。

不知爲何，燒掉任何一份感覺都不太對。

警官來到走廊，停下來伸展身體，拉鬆緊繃的脖子，彷彿就能解決問題，可惜沒有。

他沒有走下樓去焚化爐，反而走上樓梯，前往檔案室。

4

倫敦，一九四四年

美國陸軍上尉穿著全套軍服走過馬里波恩大街，明顯跛著腳。他已不再試圖掩飾了。

現在是一九四四年十月，當地人看到他蹣跚的步伐，就了解他經歷的一切。他走到哪兒，大家都會笑著歡迎他，對他說「早安，先生。」

幾個月前，他剛抵達英格蘭時可不一樣。英國人孤軍抵擋納粹長達四年，忍受空襲和物資匱乏的生活，目睹軍人和市民死去，導致有些人認爲美國人有點太晚加入戰局了。

然而諾曼第進攻行動開始後，大家都改觀了。每個人都知道他們付出的代價，每個人都知道美國陸軍上尉在哪兒受的傷。

而且即使戰爭催人老，他也比大多軍人年長，年近五十——表示他不是遭到徵召，而是自願入伍。他在路上遇到的一些倫敦人顯然也知道。

他從沒來過這個城市，但他知道他出生前，父母在這兒待過一段時間。今天是他因傷歸國前最後一天，他要替父母辦一件事。

他走進馬里波恩大飯店的大廳，櫃台一名年輕女子上前接待他。

他正要報上自己的名字，空襲警報卻響了起來。他閉上嘴，兩人僵在原地，聽警報響了一次又一次。他們互看一眼，他身經百戰，不會因爲警報就逃跑，而他發現她也一樣。

她沒有打算前往避難所，於是他也站著不動。

警報停了。他們豎起耳朵，等待頭上傳來Ｖ２引擎粗啞的軋軋聲。

他們什麼都沒聽見。

年輕女子鬆了一口氣，然後笑了。

「不好意思，上尉，我沒聽清楚。您說您的大名是？」

「好的，謝謝。眞抱歉剛才打斷您，我好討厭這些嗡嗡炸彈，您呢？」

「我姓莫里亞提。」

「我也是。」

「希望美國沒有空襲。讓我看看有沒有您要找的人：雷布爾、雷德馮、雷桂夫——唉呀，回頭回頭，應該在這之前才對——雷吉爾，雷吉爾。啊，找到了，就在——不對，對不起，我看錯了，原來是雷菲爾。好，好——讓我看看……」

她抬起頭，一臉抱歉。

「非常對不起，我們這裡似乎沒有叫雷吉爾的人。」

「好吧。」

「您確定沒有記錯名字？」

「對。」

「嗯，我很遺憾這裡沒有這個人。他是否住在這個區的其他飯店？」

「有可能，我只是認爲他會住在這兒，因爲他是老闆。」

「喔？喔不不不，我想您弄錯了。這間飯店的老闆不姓雷吉爾，他姓雷德馮。他是飯店創始人呢。」

「對，我知道。他是一位老紳士吧？右臉頰上有胎記？」

「嗯，對，聽起來確實像他。我會說他將近八十歲，但很健朗。不管德國鬼子有沒有朝我們丟炸彈，他下午都還是喜歡出去喝杯酒。我可以冒昧問您爲什麼要見他嗎？」

「許多年前，我答應母親，會替她向他問好——如果我們有緣相會。」

「他們是好朋友嗎？」

「不算吧。」

「也許您應該跟她確認一下名字？」

「她幾年前過世了，不過他改了名也不奇怪。雷德馮先生下午都到哪兒喝酒？」

「就在過去兩間的酒吧。如果你運氣好，搞不好現在他就在那兒。」

美國上尉謝過年輕女子，回到街上，朝酒吧走去。

街上只見這一家酒吧。戰前隔一條街上還有兩家，但那個街區現在幾乎成了廢墟。雖然倫敦人總試圖擺出鎮定的樣子，他偶爾還是會在他們眼中看到恐懼。不管是陰影一時籠罩路面，雲朵遮住太陽，還是鳥群從樹上飛起，倫敦人都不會轉頭去看。他們拒絕看，不願屈服於直覺反應。拜託，反正聽到炸彈聲也來不及了。即使奇蹟發生，你抬頭剛好看到飛逝的殘影和空氣的波動，也只表示你要不死定了，不然就沒事。無論如何，你都束手無策。

然而偶爾聽到細微的動作或聲音，即使只是幻聽，他們的視線也會往上飄。

上尉來到酒吧，走進去。

兩名年約六十歲的老紳士拿著酒杯，站在吧台旁。一對年紀相仿的夫婦坐在雅座吃炸魚薯條。他們都不夠年長，不是他要找的人。

上尉才走近，吧台後方的中年女子就靠了過來。

「親愛的，你要什麼？」

出於禮貌，他說，「一杯麥酒就好。我在找人，這條路上那間飯店的老闆？」

「他在樓上。」女子說，「司諾克撞球桌旁。」

上尉接過他的麥酒，走上一層木製樓梯，來到樓上的撞球室。

二樓是閣樓，有兩面牆，隔著一道木頭欄杆能俯瞰下方的酒吧。房間前方靠近樓梯的位置，擺著一張司諾克撞球桌，牆邊架上陳列了一排木製母球，以及用來寫比分的小黑板。目前沒有人在比賽，兩個小孩拿吊著的白色粉筆在彼此手上畫畫，女孩大概五歲，男孩大概九歲。越過明亮的司諾克撞球桌，房間後方沒入陰影。兩名男子站在角落，其中一人拿飛鏢對著靶子。

上尉小心繞過兩個小孩，走向房間後方。他和玩飛鏢的人保持一定距離，停下腳步。沒在丟飛鏢的男子朝上尉點頭示意，表示如果他願意，下一局歡迎他加入。

上尉站在一旁，等待輪到他。

剛才點頭的男子身穿英軍制服，將近四十歲。另一名正在丟飛鏢的男子大概比他年長三十歲。

上尉猜測他們是父子，也許玩粉筆的小孩是老人的孫兒。

上尉也有兩個剛成年的小孩，還有一名小孫兒。

他幾乎兩年沒見到他們了。或許正因如此，他看著那兩個小孩，竟想起自己的孩子。

這一刻，美國上尉希望丟飛鏢的男子不是他要找的人。也許飯店女子弄錯了老闆的去處，或者他來過又走了，眼前這位是完全不相干的人。

上尉並非下不了手。諾曼第戰役之後，他知道若事出必要，他什麼都做得出來。可是他受夠死亡了。

現在他只想走下樓梯，搭公車去維多利亞堤岸，再跟蘇格蘭場的人談一次就好。他可以把事情交給警方，回到紐約的家，重拾人生，就這麼簡單。

可是他必須先確定。他不能直接走進蘇格蘭場，轉述母親跟他說的故事，就指望警方相信。他一出院就試過了，不過跟他談的警員沒幫上什麼忙。他母親宣稱五十年前，一名美國人在倫敦遇害。可是現在畢竟在打仗，警方沒有多大興趣。

蘇格蘭場的警員說，他們有更急迫的問題。

現在美國上尉也不禁同意。他一口喝乾剩下的啤酒，把空杯子放在桌上，準備離開。

「老兄，換你了。」

年長男子從靶上拔下飛鏢，背對著美國人。

「謝謝。」美國人說，「不過我該走了。」

二名飛鏢玩家中的年輕男子說，「老美，我們希望你能留下來玩一局。」

這不過是同盟國軍官之間的友善邀約。英國人之所以稱呼他「老美」而非「上尉」，純粹是因為他們在酒吧，不講正式頭銜才好交流。美國人現在需要遵守禮儀，維持基本禮貌，而他想不出夠好的理由婉拒。

他說，「好吧。」

英國軍官把手中的飛鏢交給美國人。

他說，「小心別被我爸騙了。」他邊說邊眨眼，走去查看黑板旁他的兩個小孩。

美國人走到丟鏢線，手裡拿著三支飛鏢。他剛到倫敦時玩過一、兩次，還算清楚遊戲規則。

他等老人從靶上收完他的飛鏢。

老人轉過身，美國人第一次看到他的右臉。鏢靶上的燈光照射下，他清楚看到一個胎記，一條紅色的線，就在老人的下巴上方。

美國人身體一僵，直瞪著眼。

老人注意到他的視線，回以疑惑的眼神。美國人撇開頭，老人回到丟鏢線來。

老人說，「上尉，你叫什麼名字？」看美國人沒有立刻回答，他指向鏢靶說，「換你了。」

他下了戰帖。

「莫里亞提。」美國人說，「我叫詹姆士・莫里亞提，與我父親同名。」

語畢，美國人連續飛快丟出三支飛鏢，每支都命中紅心。

他向前從靶上收回飛鏢，轉過身。他看到老人盯著他，看鏢靶燈照亮他的臉，就像先前美國人盯著老人的胎記。

美國人走回丟鏢線後方。老人終於撇開視線，走上前去，準備出手，不過美國人覺得老人似乎還想從眼角瞄他。

老人準備丟第一支飛鏢時，美國人說，「那你叫什麼名字？」

老人丟出飛鏢，同時美國人回答了自己的問題。

「你叫雷吉爾吧？」

飛鏢遠遠偏離靶心。老人緊抓剩餘的兩支飛鏢，好像抓著碎冰錐。他轉過來面對美國人。

這時空氣突然一陣波動——如此突然，只有經歷戰爭的倖存者會注意到。

V2飛彈擊中馬路，落在酒吧正前方。

酒吧以外，馬里波恩大飯店是附近唯一有人的建築。飯店牆壁搖晃，鏡子碎裂，灰泥牆面剝落。不過不出幾分鐘，整間飯店共六名房客和員工都聚集在大廳，確認沒有人立刻需要就醫。

確定以後，員工和房客全都來到街上，走向受災地，看他們能幫什麼忙。

年輕的櫃台服務生邦妮跑向爆炸地點。

街上滿佈殘骸，邦妮差點踢到酒吧的木頭招牌跌倒。假如炸彈再準一點，酒吧和裡頭的人就會炸得一點都不剩。現在其實也所剩無幾了。

酒吧整個門面和牆都消失了，朝南的那一面牆也是。

一樓的桌椅東倒西歪，不過吧台還在。

牆上的鏡子、燈具和黑板的尖銳碎片散落各處。

邦妮的耳朵還因爲爆炸而嗡嗡作響。面對眼前的慘況，她站在原地好一陣子，試圖判斷該往哪個方向幫忙。

酒吧女侍一臉發暈，但顯然沒有受傷。稍早在酒吧喝酒的兩名年長紳士扶著她從吧台後面出來。

飯店侍者強尼再幾個月才滿十七歲，還不到從軍的年紀。他跑向壓扁的雅座，協助在位子上掙扎的受傷中年夫婦。

邦妮很熟悉這條街和沿路的住戶，她努力思考還有誰可能在酒吧。她知道至少有四個人會在裡頭——不對，如果加上剛才說要過來的美國人，應該是五個。

飯店老闆雷德馮先生。他的兒子。喔，老天爺，還有兩個小孩。

假如他們不在一樓雅座，也不在吧台，她知道他們只可能在閣樓，飯店老闆總在上頭玩飛鏢。

在她右上方，支撐閣樓撞球室的梁柱給炸得只剩一根，二樓地板的木框向下危險地傾斜，碰到吧台前方的一樓地面。

傳統司諾克撞球桌長三點五公尺，寬將近兩公尺，重達一噸，現在歪了四十五度，一角擱在倖存的閣樓地板上，斜對角則靠在一樓地上。球桌墜落的力道之大，前方兩根桌腳都撞斷了。

邦妮跨越殘骸，朝那個方向走去。

她在腳邊碎片上看到血跡。

然後她聽到小孩的哭聲。

也看到了動靜。

墜落的閣樓地板和持續傾斜的司諾克撞球桌一開始遮住他們，不過現在她看到三個人影。

飯店老闆——以及他的兩名孫兒。

邦妮上前幫忙。

雷德馮先生看來已經拍掉身上大部分的灰塵和碎屑。兩個孩子當中，較小的五歲女孩哭個不停。他帶著小女孩朝邦妮走來。

邦妮抱住女孩，接著停了下來。離她腳邊不出幾公尺，躺著兩具屍體，墜落的球桌顯然擊中其中一人，另一人可能給別的東西打到，但不用懷疑，兩名成年男子都死了。

邦妮遮住小女孩的眼睛，帶她遠離現場。

邦妮知道球桌撞死的男子是女孩的父親。另一名男子頭部嚴重受創，血肉模糊，但邦妮從制服認出是美國上尉。

雷德馮先生帶著九歲男孩走了出來。男孩身上還沾滿粉筆灰、木頭碎片和灰泥，但看來沒有受重傷。他跟妹妹不同，沒有哭，只是震驚地張大眼睛，讓爺爺帶他走出廢墟。

女孩啜泣著說，「他救了我。」她在邦妮懷裡掙扎。「他把我拉到旁邊。」

邦妮說，「我知道，小乖。」她認爲女孩在講她的父親。「我知道。」邦妮捧著女孩的臉，盡力阻止她往回看。

5

泰晤士河口，肯維島——現今，一九九八年

勞倫斯・齊佛頓開小船在廣闊的泰晤士河口航行超過二十五年，捕過不少東西，但從沒碰過去年秋天晚上從河裡撈出來的東西。

那天他到布萊克希斯的農夫市集，賣掉早上捕的鰻魚、比目魚和鱸魚，正要回家。回程已經天黑了，因爲賣完魚後，他在布萊克希斯的酒吧待了幾小時，花光當天的獲利，才啓程回家。

近來他越來越常放縱自己，那個秋夜更是變本加厲，因爲距離他的六十歲生日只剩一週了。

他開始意識到，自己的時間所剩無幾。

他不再感到年輕。他覺得體力還夠駕船出海，撒網捕魚，再忙個二十幾年，前提是不能受傷。

可是扯到其他方面，他便發現時間也許不夠了。在酒吧喝酒的經驗尤其明顯。

每當晚上他在酒吧逗留，頭三、四輪都還有不少人陪伴，例如其他的漁夫和市集的幾名當地人。大夥兒一起玩飛鏢，或站在吧台旁，輪流講最有趣的謊話。

但客人會越來越少，他的酒伴會一一宣告，喝完最後一輪就得回家，即使還沒到最後點單時間。齊佛頓會抱怨，「幹嘛這麼早走？」他心想，爲何每次他都是最後一個人？

然後他發現差別在哪兒：別人家裡有人等著。

先說喔，未必是什麼美人——他在酒吧見過幾個人的太太。但長相不是重點，重點是有這麼一個人。

大約三十年前，他也結過婚。那時他還年輕，每天在船上工作十二小時讓他顯得強壯有力，而非衰老疲憊。那時他說有天要擁有自己的小船隊，聽起來也幾乎可行。

可行到他因此迷倒了一名二十歲出頭的可愛女孩。她也在島上長大，會爲這種夢想傾倒，而且她還沒想過去了大城市，她的年輕美貌能帶來更好的發展。

等他眞的娶了女孩，鎭上每個人都發現對他來說，娶她眞是高攀了。許多人眞心恭喜他運氣好，也有不少人暗自猜測他的婚姻能維持多久。

新婚頭三年其實一帆風順。直到有一季漁獲特別差，加上他一連串愚蠢的財務決策，她才意識到他永遠不可能擁有自己的船隊，頂多有天能買下一艘老舊的二手船，勉強過活（結果果然如此）。如果她留下來，一輩子都只會是窮漁夫的妻子。

當時他幾乎能看到這些想法飄過她的腦海，早晨潛伏在她眼中，他和妻子在酒吧一起喝酒時，偶爾也會從她嘴中脫口而出。

有個寒冷的下午，他從碼頭拖著沉重步伐走回家，全身都是漁獲和釣餌的臭味，指節擦傷泛紅，手指多了幾道纖細的割痕，掌心又多了一層粗糙的厚繭——然後他發現她離開了。

他去倫敦說服她幾趟，都無功而返，才終於意識到她不會回來了。

當時他還年輕，也享受了這項優勢好一陣子。他有一頭金髮，小麥色皮膚，跟鯊魚一樣精實健壯，仍是鎮上酒吧的風雲人物。有時興致來了，他還能勉強模仿一位澳洲電影明星。

可是下一位可愛的小妞沒有馬上出現，那一年沒有，隔一年也沒有。齊佛頓逐漸發現，雖然一開始是因爲當地女孩不夠吸引他，問題卻慢慢變成他也不夠吸引她們。

三十年就這麼過了，來到去年秋天那個晚上。他的金髮和小麥色皮膚早就變得又白又皺，地心引力和酒精也在他身上留下痕跡。即便如此，他還是在布萊克希斯跟鼓譟的酒客玩飛鏢。有一瞬間，一切感覺都很好，他忘了六十歲生日即將來到，卻沒有預定任何慶祝活動。

夜越來越深，客人越來越少。於是他在吧台坐下，抬頭盯著大螢幕電視。足球比賽剛結束，播起了晚間新聞。

螢幕上的型男主播報導倫敦塔橋似乎發生了某種騷動。左右兩段橋面升起，準備讓一艘高桅遊艇通過時，一輛古典計程車衝過了柵門和警示燈——橋面分開時，計程車竟然剛好卡在中間。不過橋面終究勝出，把車子扯成兩半。

當時計程車上有兩個人：一名乘客和司機。乘客是蘿拉・藍欽，三十歲出頭的倫敦女演員。撇開計程車卡在橋面之間的怪異事件不談，齊佛頓覺得他可能也聽過她一、兩次。

女演員及時逃離計程車，給送去了醫院。根據新聞報導，二十五歲的女駕駛涉嫌綁架女演員，還做了其他不少壞事。她就沒那麼幸運，跌進了泰晤士河。

酒吧女侍是年約五十歲的豐滿女子。她說，「所以我從來不進城。」

齊佛頓陷入沉思，只是盯著電視，點點頭。

「老兄，開心點。」她說，「最後點單時間了。」

他說，「然後呢？」

「然後就回家找老婆吧，跟其他人一樣。」她沒多想就說出口，接著才猛然住嘴。她不認識齊佛頓，值班時偶爾才會看到他，但她通常更觀察入微才對。他沒戴婚戒，加上其他跡象，就是散發那種氛圍。她實在不該提醒付錢的客人爲什麼賴著不走，到關門時間還在酒吧花錢。

「總之，家就是家。」她告訴他，「我知道很多人寧可享受家裡的平靜。」

除了齊佛頓，唯一剩下的酒客馬羅走到吧台，點了最後一杯酒。他抬起頭，看電視螢幕秀出塔橋事件計程車女駕駛的員工照。

「真可惜。」馬羅說，「這麼漂亮的小妞，竟然成了魚飼料。」

「警察都通緝她了。」酒吧女侍說，「據說她殺了一個人，搞不好還殺了兩個。」

齊佛頓看向電視，看著女子的身形。她依稀讓他想起另一名年輕女子的身影，她三十年前嫁給他，又拋棄了他。

當然，那都是過去的事了。他知道這種身材的女生不會再送上門來。

他大聲說，「還是很可惜。」

他們站著等啤酒來。馬羅拿出從倫敦電話亭內撕下的廣告名片，放在齊佛頓面前的櫃台。名片上印著一名袒露傲人雙峰的年輕女子，閃亮的粉色、黃色和紫色文字宣傳她提供的服務，有些挺明確的。

「上次我去倫敦，」馬羅說，「我打了她的電話。」

齊佛頓低頭看著名片。他當然看過這種廣告很多次，倫敦幾乎每個電話亭都貼滿了。早年他打過幾次，試過一些服務，次數還不算少。可是這些小姐不便宜，豢養她們似乎也找不回他感覺失去的東西。

「這是什麼意思——『真實的ＧＦＥ』？」

馬羅說，「真實的女友體驗。」

齊佛頓說，「她到底會做什麼？包含這一項的時候，她要收兩倍的錢。」

酒吧女侍不再參與他們的對話，於是酒保走過來，把最後一杯酒放在他們面前。

酒保說，「就是早上她會替你做早餐，不是嗎？」

「不是。」馬羅說，「不過就是你帶她去吃晚餐的時候，她會對你笑，盡量讓旁人相信她是眞心的——她自願跟你在一起。」

齊佛頓說，「你是說我還得帶她去吃晚餐？」

酒吧女侍經過，抛下一句，「假如是你們，我看沒人會相信吧。」

馬羅說，「即使選擇女友體驗，你還是要自己做早餐，如果她想吃，才會吃一點。」

「根據我的經驗，聽起不像什麼女友體驗。」酒保聽起來像在炫耀。他走去把椅子收到桌上。

齊佛頓喝完酒，離開酒吧。比起剛來的時候，他不確定自己覺得比較開心。

他走到碼頭，爬上綁在岸邊的船，鬆開纜繩，發動引擎，慢慢開進霧中。

一會兒後，他感覺好多了。他在船上，沿著河開，回到他熟悉的環境，重拾日常作息，總算稍有幫助。

海水正在退潮，他乘著水流突飛猛進，不出幾分鐘就越過泰晤士河的防洪夾閘。天空無風，河上也不見其他船隻。小船的馬達規律軋軋作響，河水以固定的圖樣從船頭分開。

飲酒過量導致的自怨自艾逐漸消退。他提醒自己，早晨的太陽永遠會照亮河口，他依然能懷抱希望，有天或許能買一艘新船。

而一杯酒仍是一杯酒。

順著塔橋下流軋軋開了十六公里後，他看到了。

他看到了她。

月光照亮暗灰河水中的雪白肌膚。

他注意到亮光，趕忙將小船開近一點。

現在他能清楚看到她了，雖然眼前的景象太不尋常，他一開始還不敢相信。

一名女子全身赤裸，垂直漂浮在水中，黑髮往外向上漂散，彷彿伸向水面。

齊佛頓立刻關掉馬達，轉舵將船開過去。

他越過船緣，抓住女子腋下。從這個角度不容易舉起她，她相對算輕，但水很重。不過他還是勉強把她抬進漁網，吊起網將她拉出水面，扛上船，然後用雙臂把她從漁網抱出來。

他很肯定她早就淹死了。幾乎確定。

他讓她平躺在準備魚餌用的長木板上。

他一輩子都在水上或水邊過活，看過別人做心肺復甦術不只一次。他從沒做過，但他知道方法，便做了起來。

結果成功了。

她的眼睛張開，翠綠色的眼珠像水中活魚的鱗片發亮，齊佛頓會說她的眼神看似訝異。出於反射，她馬上試圖吸氣，接著她的上半身往前傾，痛苦地抽搐扭動，吐出肺部的河水。

她交互吐水和吸氣，他在一旁盡可能幫忙。等她不再抽搐，他又抱起她，走向底層船艙。在冰冷的夜晚空氣中，他的雙手捧著她光裸的大腿，她的胸部離他僵硬的老臉不出幾公分。

她一句話也沒說，甚至沒有試著開口，他也一言不發。他看她的視線狂亂驚訝地來回跳動，似乎想弄懂她在哪裡。他讓她在床上躺下。

她看起來二十五歲上下，身材完美。短短一瞬間，齊佛頓回想起三十年前的人生。

他拿來一條灰色毛毯，蓋在她身上，免得她冷死。

「妳在我的船上。」他一面替她蓋好毯子，一面說，「妳現在安全了。」

她還是沒說話，但視線聚焦在他臉上，呼吸漸漸平緩下來。

他不用想就知道接下來怎麼做恰當。幾乎出於直覺反應，他走到無線電旁，準備呼叫泰晤士河緊急巡邏隊。

他們不用多久就會到了。由於塔橋事件，他整天沿河都看到巡邏隊。

可是他停下來。他已經打開無線電，轉動旋鈕跳過雜訊，卻沒有撥出。

他想起在酒吧電視上看到的臉——那名墜落泰晤士河的可愛女計程車駕駛。

他頗確定他知道他找到了誰。

他放下短波無線電的麥克風，回到艙房往內看。她躺在床上，呼吸平穩多了。她醒著，不再顯得焦躁不安。她用手肘稍微撐起身子，盯著他。

齊佛頓看著那對綠色眼睛。好久沒有女人這樣回望他了。

也許從來沒有。

他決定暫時不要呼叫泰晤士河巡邏隊。

他發動小船引擎，盡量加速駛過夜色，開往他在肯維島的家。

他在船上的小廚房泡了伯爵紅茶，拿到下層船艙。他很高興女子雖然仍不願或無法說話，倒是欣然喝了茶。

他回到甲板上。他們快到家了，即使在黑暗中他也知道，因爲船剛經過克羅伊登鎮。不同於肯維島，克羅伊登的石油和天然氣精煉廠仍在運作，經過時他看到排氣口熊熊冒著火焰，發出亮橘色的火光。

他沿河南岸開了好一段時間，避開從克羅伊登出發的運油船。接著他轉舵猛然開向北岸，駛進金絲雀溪。

還不到清晨，他就到了斯莫間碼頭。很好，他很慶幸沒碰到當天早上準備出海的人。

他下了錨，把船繫好。

他用灰色毛毯把女子包緊，給她戴上一頂毛帽，幾乎完全遮住她的臉。他告訴她，也告訴自己，戴帽子是爲了保暖。他說的沒錯，只是不是唯一的理由。

他扶她起身，半走半抱帶她走了將近一點五公里，到他的木造小屋，就在肯維島港口工業區附近。

他抱她進屋時，手臂都痠了。他將她放在唯一有椅墊的椅子上，他通常坐在那兒看電視。

她完全恢復意識，也脫離險境了。他一面安置她，一面對她說話，描述他的每個動作，如同近年他在家開始自言自語一樣。

「來，」他說，「這樣妳比較溫暖。我煎一點香噴噴的培根，妳喜歡吧？再加點燉番茄、豆子和土司。如果還有剩的話，再來杯柳橙汁。啊，很好，還有剩。」

她沒有回話，但他仍照他說的做，準備了一份豐盛的早餐，擺在她面前的小折疊桌上。他一邊忙，一邊絮絮叨叨說起他是誰，他爲什麼一輩子住在這兒，還稍微提到他的前妻。

她似乎在聽，或至少有注意到他，綠色眼睛跟著他的每個動作。

她一個字也沒說，不過當他把早餐端到她面前，她馬上狼吞虎嚥吃了起來。

她吃飯的時候，他走進臥室。這個動作多少是出於習慣，不過一進房內，他便發覺是因爲有個問題要處理。

他只有一間臥房，裡頭只有一張床。雖是寬版單人床，但沒有加大，更不是雙人床，只是他一人獨居來說合理的大小。

他突然發現他不敢讓她睡在床上。他不確定爲什麼，畢竟應該只是睡幾個小時而已。即便如此，他還是胸口一緊，彷彿陷入嚴重兩難的局面。

這時他想到小船備用的小折疊床，就放在廚房旁邊的儲藏室。他走進去——她停止吃燉番茄和豆子，抬起頭，視線又跟著他——幸好找到了小床。

他把電視推到角落，勉強擠出空間，把窄床靠牆放好。

不久之後，他讓她躺上床。

她幾乎立刻睡著了。

齊佛頓回到廚房，吃完剩下的培根和土司，試著釐清思緒。

他又想打給泰晤士河巡邏隊，卻再次打消了念頭。假如現在報警，他就得解釋爲何稍早找到她時沒有直接通報。他想他可以宣稱無線電壞了，但解釋起來只會越講越複雜。

他幾乎確定他藏匿了一名遭到通緝的女子，一名逃犯。

不過也許她沒有犯下那些罪行。光看著她，很難想像她做出那些事。

齊佛頓沒有打給泰晤士河巡邏隊。或許晚一點吧，不要現在。他決定睡一晚再說，等到早上也無傷大雅。

隔天早上，她醒來後，終於開始說話了。齊佛頓心想，不錯，也許她的話能幫他決定該怎麼做。

然而她只會問問題：

「我在哪裡？」她說，「你是誰？我怎麼會在這兒？」

一開始，她的問題都很正常。可是他說他從河裡撈起她時，她接著問，「我怎麼會掉到河裡？」——這下他開始懷疑了。她應該記得為什麼掉進河裡才對。

他說，「妳不知道嗎？」

她沒有回答，只是閉上嘴，躺回床上，闔上眼睛。

她躺在那兒，齊佛頓端詳她平靜的臉，心想也許她根本不是新聞報導的人。即使是，電視節目也可能完全搞錯了，也許她不是大家所說的罪犯。

也許大家都誤會她了。

當天早上稍後，齊佛頓出門買了報紙帶回家，又替她準備一份早餐。

趁她狼吞虎嚥掃空他端上的吐司、培根和茶，齊佛頓翻開他買的《太陽報》。

他馬上闔上報紙，隔著桌子望向她，徹底確定後才再攤開，但這次他小心多了，把報紙藏在桌面下，避開她的視野。

報紙上全寫了，她的名字，她的彩色照片，什麼都有，遠超過齊佛頓真正想知道的程度。這個女生是她沒錯。

她叫妲拉・芮妮，根據小報報導，她二十五歲。報紙封她為精神分裂的天才，因為她雖然難以區別個人幻想和現實，卻也善於學習各種事物。不過她停藥之後，開始相信並宣稱她的外太祖父名叫莫里亞提——沒錯，報紙說就是那個莫里亞提，夏洛克・福爾摩斯小說裡的莫里亞提教授。精神錯亂之下，她纏上名叫雷基・希斯的大律師，假如貝格街二二一號B座真的存在，就會落在目前他的事務所所在地。她深信他就是夏洛克・福爾摩斯，必須為了在雷清貝瀑布殺死她的祖先莫里亞提教授負責。為此她謀殺了雷基・希斯的一名客戶，還公然試圖綁架蘿拉・藍欽——結局大家都知道了，妲拉・芮妮從塔橋上墜落泰晤士河。

妲拉・芮妮擦擦嘴，抬頭看著齊佛頓說，「報紙報了什麼？」

齊佛頓撒謊說，「沒什麼。」他試圖低頭偷瞄藏在桌面下的報紙，因為上頭還寫了更多細節，包括那名客戶怎麼死的。齊佛頓直覺認為他應該讀一下。

她說，「你確定？」

齊佛頓說，「對。」他沒看完報導，就快快闔上小報，丟到廚房流理台上搆不到的地方。「今天早上妳感覺如何？」

「好多了。」她說，「之前我好餓。可以給我一杯咖啡嗎？」

他端來咖啡。她開始滔滔不絕熱切說話，但依舊不談自己，滿嘴都是問題——先是問起齊佛頓，再轉問附近的村落，接著問起世上幾乎每件事，感覺毫無規律。他沒見過有人問這麼多問題，這輩子也沒給過這麼多答案。根據她對世界的了解，要說她是人魚都不奇怪。

齊佛頓突然明白了。她問的問題，他反問時她答不出來的事——她眞的不知道她是誰。

不出幾天，她的身體就完全康復了，頭腦也很清楚——甚至可說極爲聰明——即使她仍不知道她的身分。

這下他不知道該怎麼辦了。警方在找她，看來泰晤士河流域的每個人也都在談論她。齊佛頓覺得帶她去酒吧不好。即使沒有人認出她來，他們一起出現也會成爲整個小鎭的話題。他必須說明她從哪兒來，而他無法解釋年齡小他半截的女子爲什麼跟他在一起。就算大家能接受，他們也會成爲大衆焦點。

所以他沒跟任何人說。

整整一週過去了。出乎意料之外，她從未表示想離開，似乎每天跟他搭小船到河上就滿足了。他們大致遵照他平常的行程，趕在日出前就起床，比其他泰晤士河的漁夫都早，因爲齊佛頓去碼頭路上不想碰到人。她會幫他解開纜繩，看顧引擎，協助其他基本工作。不過她對捕魚倒沒興趣，總是坐在船頭看，就像多年前他養的小㹴犬。

等到日頭高升，河上出現其他船隻，齊佛頓就會注意有沒有人靠得太近。有一次賽迪斯．賽斯摩的船從濃霧中冒出來，離右舷不到五十公尺，接著突然轉彎朝齊佛頓開來。

他對女子說，「我覺得妳最好下去船艙。」她立刻照做，一個字也沒說。

賽斯摩把船開到他旁邊，問齊佛頓早上漁獲如何。賽斯摩平常不會這樣，他比較年長，比齊佛頓更沉默寡言，而且不像大多數的小型拖撈船船伕，他鮮少透露自己的漁獲，也不會詢問別人。然而這天他滿臉好奇靠過來，搞得齊佛頓最後只得發動引擎開走。

那天晚上在酒吧，賽斯摩站在吧台，一直斜眼朝齊佛頓看。賽斯摩看到她了嗎？齊佛頓不確定，但他不敢冒險，喝完第一杯酒就走了。

幾個月就這樣過去了。早秋時，齊佛頓把她從泰晤士河撈起來，現在都深冬了。她跟他變親了嗎？他無法判斷。她沒有暗示想從小床搬進他的臥室，即使他每晚都躺在床上幻想，痛苦地無法成眠。可是她也沒有顯得煩躁，或想要離開。

直到最近。

近日寒風刺骨，河水冰冷，但她傍晚開始會走去無人的岸邊。雖然鵝卵石之間埋藏著尖銳的貝殼，她總是赤腳，坐在潮濕的沙丘上，盯著遠方好幾個小時，直到太陽落下。他不知道她可能在想什麼。

過去幾週開始，她不再想跟他搭船去捕魚了，反而想留下來。雖然他知道有風險，別人可能找到她，他還是認為拒絕她感覺不對，也不明智。

幾天前，她向他要錢搭公車去倫敦。

他問她知不知道怎麼在城裡來去，她說不就是靠公車嗎。

他明白她的失憶症顯然只剩下不記得自己的事了。她可能不知道自己的名字、來自哪裡，或過去做了什麼，但現在她對周遭世界的所有細節都非常清楚。

他給了她車錢，但請她保證會避開他們所住的小村子。她只要去公車站，搭上車就好。如果在路上碰到人，不要停下來跟他們說話。

她同意了。

那天午後，他從船上回來，看到她已經回家，不禁鬆了一大口氣。

隔天也一樣，再隔天也是——但這次他從船上回來時，她還沒到家，他得等一會兒。隔天晚上他等了更久。

他會問她去了哪裡，她也會回答，但不帶多少說明評論：

她去了大英博物館。她搭公車一路到國家檔案館。她搭地鐵去貝格街散步。

她在大英博物館有看到喜歡的展品嗎？除了小學校外教學去過一次，他再也沒去過了。

她聳聳肩。

她爲什麼去國家檔案館？那兒沒什麼好看的吧？他也沒去過，但聽起來只是存放了很多積滿灰塵的舊文件。

她聳聳肩，說檔案館很大，她想再去一次。

她在貝格街看到什麼？

她低頭看著烤鰈魚，用叉子端起一小塊放進嘴裡，微微一笑，又聳聳肩。

她沒有明講，但他現在幾乎確定，她漸漸想起她是誰了。

他不知道這會造成多少影響，但他知道其中一項——她會離開，或有人會找到她。

無論如何，他知道很快她就不會在了。

他開始心想，他該如何承受再失去一個人的痛。

6

貝格街，幾天後

蘿拉・藍欽說，「我受夠了燦爛的太陽、溫暖的綠松色海水，還有白色細沙舒服地搔弄腳趾，又不會黏在上頭。」她坐在雷基・希斯法律事務所辦公室的桃花心木桌上，赤著腳，一頭紅髮幾乎亂糟糟。她一面扭動帶雀斑的腳趾，一面說，「我準備好去陰沉的地方了。」

雷基說，「妳阿姨在紐奎的莊園絕對符合標準。」他想他理解爲何蘿拉厭倦了白沙灘，畢竟去年她在南太平洋小島拍片好幾個月，但他可沒去。

「不是莊園，是眞正的城堡。」蘿拉說，「雖然無法抵禦軍隊攻擊，但也夠威風，能嚇阻膽敢在森林裡獵鹿的可憐農民。不過梅波阿姨說，她確定城堡最初的主人達比伯爵從沒試著阻止他們。但以防他眞的對平民動過手，她現在都積極做志工，到處做好事。總而言之，那是一棟城堡，如果你不相信，等你發現頂樓依然沒有室內水管，你就會信了。城堡境內還有一條鱒魚溪，你可以去飛繩釣。」

「我不會飛繩釣，」雷基說，「而且我不要浪費訂婚之旅去釣鱒魚。」

「嗯，我想我也沒打算叫你做這些事。」蘿拉說，「但阿姨是我唯一在世的親人，而且我們要遵守家族傳統。城堡大廳火爐上栓著一塊紋章，底下刻了一句箴言，我忘記是拉丁文還是蓋爾語了。那句話說：『每個人都要在城堡訂婚，然後喝個爛醉。』類似這個意思啦。總之很嚇人，幾乎跟我阿姨一樣恐怖，兩者我都不敢違背。別假裝你不知道我是這種人。」

雷基眞的不知道。雖然他寧可在她剛描述的白沙灘上搔她的腳趾，他其實只是裝作對於要在深冬行經陰暗起霧的荒野感到不滿，大多是爲了逗她開心。

事實上，過去兩年間，他差點因爲各種原因失去蘿拉。現在一切塵埃落定，他也徹底積極投入這段感情後，他感到如釋重負，就算她堅持他們在那座該死的城堡地牢過夜，他都會欣然同意。

兩年前，在洛杉磯乾燥風大的電影片廠，她——好吧，他承認她甩了他，因爲他無法痛下決心，放下過往的陰影，承諾他們的關係。

隨後那一年，雷基陷入失去蘿拉的煉獄。期間她差點答應了羅伯・巴克斯頓勳爵的求婚，他是《太陽報》的發行人，擁有龐大的媒體帝國，絕對比雷基努力一輩子還要富有又有權勢。

然後今年九月，妲拉・芮妮差點開車載著蘿拉開下倫敦塔橋，跌進泰晤士河。這名精神分裂的年輕女子停藥之後，深信雷基．希斯是夏洛克．福爾摩斯，要為謀殺她十九世紀的祖先莫里亞提負責。

結果年輕女子跌進泰晤士河，再也沒有出現，這個精神錯亂的困擾也跟著沉到海底。問題解決了。

隨後幾個月，蘿拉處理完殘餘的巴克斯頓問題——其實她救了那個大混蛋一命，所以要拒絕他容易多了。這個問題也解決了。

即便如此，雷基知道世事多變。而且最近他覺得老天只想拆散他和蘿拉，即使要毀了他們其中一人也在所不惜。

他下定決心要違抗天命。假如有東西——或有人——想亂了他們的好事，馬上就等著遭殃吧，因為雷基現在可警覺了。

「小心荒野。」他輕鬆地說，「我很肯定大部分城堡牆上寫的蓋爾語都是這個意思。」

蘿拉靠向雷基，推開一些法律文件。

她靠在他耳邊溫軟地說，「有時候寫的是：『不得帶工作同行』。」

雷基說，「我把事情都排開了。」他清清喉嚨，繼續說，「我回來後的週三早上才要出庭，某個無聊的股東官司，我們星期一回來後，我還有很多時間準備。所以只要妳不帶工作，我就不會帶。」

蘿拉往後退了一點。

她說，「我是要怎麼帶工作？」

「妳不能帶劇本去讀。」

「很簡單，沒問題。」

「也不准有狗仔或八卦記者跟拍。不准見粉絲，除了我以外。還有不准接經紀人的電話。」

這串反對對象多少依照優先順序排列。自從蘿拉即將訂婚的消息走漏，社會新聞就對雷基不太友善。各個八卦專欄的標題未必相同，但都在暗示同一個問題：「他是不是高攀了？」內容則強調他們的工作成就落差。《太陽報》的專欄尤其討厭，劈頭就寫「大律師手上的案件夠不夠多，能滿足大小姐嗎？」

事實上，雷基的事務所狀況還不錯。但至少在媒體眼中，任何不是明星的人都無法跟賣座電影的明日之星相比。

「我盡量。」蘿拉說，「據說天氣很不錯。而且你不用開車，我規劃路線時都想好了，可以一路搭火車過去，中途好玩停靠幾個站就好。你覺得短程火車還有臥鋪嗎？」

「睡覺僅次於釣鱒魚，都是我不打算花時間做的事。」

「聽你滿口大話，等著瞧吧。反正如果沒有臥鋪，我可以全程坐在你大腿上，搞不好鬧點醜聞之類的。」

語畢，她滑過桌面朝他而來，衣服摩擦發出迷人的嘩嘩聲，裙子順著褲襪往上捲。

可惜這時她的手機響了。她退後一些，接起電話問好，然後摀住話筒，悄聲對雷基說：

「我的經紀人打來的。他一定聽到你說的話，我不知道他怎麼做到的！不過我們還沒上路，所以不算。」

接著她對電話上的經紀人說：

「對，我們有整整三天都聯絡不上。我知道很誇張……不行，都要等我回來……不行，就算你打來，我也不會接……我也不會把行程給你。我們週末會到阿姨的城堡，大家都知道有一場盛大的活動，到時候媒體到場就有機會了，他們不需要知道更多……對。謝謝你打來，但別再打了。拜拜。」

她掛掉電話，轉向雷基。

她說，「怎麼樣？」

雷基點點頭說，「不錯。」

蘿拉又滑了過來。

但這次換有人敲辦公室的門。

雷基用警告的口氣大聲說，「露易絲，怎麼了？」

露易絲說，「是瑞佛提先生。」她很聰明，待在門的另一側。「我很抱歉，他說是要事。」

「他每次都說是——」

露易絲焦急地大叫，「我真的很抱歉。」因為門還是開了，瑞佛提直接走進來。

「希斯！所以你在嘛！藍欽小姐，早上還好嗎。」

蘿拉從桌子下來，拉拉裙子。

她說，「你來之前都很好呢，瑞佛提先生。」假如他夠專心，就該注意到她的眼神足以凍死他。

雷基怒目瞪著瑞佛提。他只是站在桌前，彷佛毫不自覺打斷了什麼。

瑞佛提是個灰撲撲的人，總是身穿灰色西裝。他的身高和體型都不起眼，露易絲雖然也不高，但如果努力一點，應該能擋住他才對。雷基暗自提醒自己要跟她談談。

「我需要你幫忙，大概一個小時。」瑞佛提說，「我想我們需要用到推車。」

「什麼？」

「馬里波恩全套房式大飯店及展覽廳翻修完畢，要辦展覽慶祝盛大開幕，多賽特大樓獲邀參展。」

蘿拉說，「真的都是套房嗎？」

瑞佛提說，「他們宣稱都是。」

「老天，那還真是大事。」

瑞佛提對雷基說，「你應該注意到格洛斯特寬巷那邊因為整修吵得要命吧？」

「嗯。」

「現在完工了，飯店向附近住戶送來慶祝的邀約。很不幸，多賽特全國建屋互助會欣然接受了。」

「所以呢？」

瑞佛提說，「這的確是大事。」他逕自拉來一張椅子。「不只多賽特全國建屋互助會要參加，還有這條路上另一家銀行、夏洛克．福爾摩斯博物館、攝政公園保育互助會、轉角的酒吧、有小丑的那家美式漢堡店，還有——」

「我瞭了。」雷基說，「這是慶祝女王登基二十五週年以來最盛大的活動。跟我有什麼關係？」

瑞佛提看著雷基，嘆了一口氣，彷彿他們倆一樣失望。

「很不幸，多賽特全球建屋互助會想拿那些信件參展。顯然這個提案大獲好評，因為另一個方案是拿一堆公報展示多年來利率如何變動。」

雷基挑起一邊眉毛。

「不要問我說的是哪些信件。」瑞佛提說，「你很清楚，就是夏洛克．福爾摩斯的信。大家還是不斷寫信給他，哪怕他是虛構角色，而且早該死了。這些信都寄來多賽特大樓，因為我們佔了貝格街整個兩百多號的街區，而你要負責處理，因為你同意承租這層樓當作法律事務所。」

雷基嘆了一口氣。他當然很清楚，處理那些信已經多少成爲他生活的一部分，雖然他還是盡量丟給在洛杉磯的弟弟奈吉去管。

不過雷基開始習慣這些信了。他甚至不再在乎偶爾有人表示他看起來像夏洛克・福爾摩斯——至少像他們想像中夏洛克・福爾摩斯的樣子。他知道他長得不像，也知道他們是因爲那些信才這麼說，還有因爲他很高，或許又有點消瘦。

重點是，他知道夏洛克・福爾摩斯從沒那麼好運，能跟蘿拉・藍欽一同踏上訂婚之旅。不論夏洛克・福爾摩斯的人生是虛構與否，這一陣子雷基比他過得快樂多了，他可不想破壞現況。所以只要那些信不礙到他，他一點也不介意。

「好吧。」他對瑞佛提說，「但你還是沒回答我的問題——這場即將開幕的展覽跟我有什麼關係？」

「我需要你幫我搬裝信的櫃子。」

雷基忍不住想了一分鐘。他原本以爲是法律問題，或跟租約有關，或者其他難以想像的糟糕原因。

他說，「你當眞？」

「對，」瑞佛提說，「我當然是說眞的。」

「爲什麼不找大樓維修部處理？或雇專業團隊？飯店如果那麼想要這些信，爲什麼不叫他們自己來搬？」

「想都別想。」瑞佛提說，「希斯，你應該知道，我們不只是搬搬櫃子而已。這些是寄給夏洛克・福爾摩斯的信。許多人聽過這些信，但只有一小群人確切知道我們保存在哪裡，我可不想大肆宣傳。依照最近的經驗，我們都知道陌生人跑到頂樓會發生什麼事。」

「不能等幾天嗎？」雷基說，「我要出城去，但我弟弟奈吉後天就到了，你打我閣樓套房的電話就能找到他，他可以幫你。除了你以外，沒人比他更喜歡那些信了。」

「一定要今天。」瑞佛提說，「我跟大樓維修部借了大推車和幾個搬運箱，都在樓上。我租不到貨車，不過有你的車加上我的掀背車，我相信我們能——」

蘿拉愉悅地說，「我也來幫忙。」

「藍欽小姐，我怎麼能麻煩妳搬重箱子呢？」瑞佛提說，「不過如果妳願意，我很樂意讓妳監工。」

雷基看向蘿拉。她滿臉笑容，看來一點也不覺得困擾。

「我們可以給你一小時，」雷基說，「就這樣。」

瑞佛提說，「我想應該夠了。」

「很好。」雷基說，「大學畢業後，我就沒幫人搬過東西了，不過既然你要搬，我們就速戰速決吧。」

他們搭電梯到頂樓。瑞佛提從口袋拿出一堆鑰匙，一一查看，直到找到最舊又最怪的一支，打開儲藏室的門。

門一打開就飄出霉味。瑞佛提伸手去拉鍊子，點亮頭上單獨一顆燈泡。

室內至少有十幾個大櫃子，每個幾乎都跟雷基一樣高。

雷基說，「我希望不是通通都要搬？」

「唉呀，當然不是。」瑞佛提說，「我堅持不展示最近的信——包括你或你弟弟回覆過的信，希斯，只要落在活人有印象的期間一概排除。我們不能拿個人隱私冒險，也不想負責。我們只會出借兩個櫃子的信——這個裝的是多賽特大樓剛建好時開始寄來的早期信件，另一個是後面角落的小櫃子。」

雷基走到後頭去看。

他說，「標籤上寫：『多賽特大樓時代前』。」

「沒錯。」瑞佛提說，「早在一八九〇年代就有人開始寄信了，當年貝格街根本沒有這個街區，大多的信都轉給蘇格蘭場。不過後來貝格街延長，建了多賽特大樓，就出現了真正的二二一號B座。所有的信開始寄到這兒，蘇格蘭場也把過去累積的信送過來，我猜他們需要清出空間吧。總而言之，我相信飯店的人會覺得這些信古雅又有歷史價值——又不會給我們惹麻煩。」

雷基說，「隨你說。」他站到最遠的櫃子後方，準備從狹窄的空間把櫃子推出來。

「小心，希斯，注意地板。」瑞佛提說，「所以我才借了推車啊。」

「所以你才應該找搬家公司，」雷基說，「但現在還不是我在做。」

7

超過一小時後，雷基的捷豹跑車和瑞佛提的掀背車雙雙停在飯店門口。雷基和蘿拉下車，幫瑞佛提扛下一個櫃子和幾個箱子，接著雷基推著推車朝大堂入口走去。

年邁的侍者準備替他開門，但一名看似三十幾歲的督導制止他。

他說，「送貨請走後門。」

「我們試過了。」雷基說，「但後門停了兩輛貨車，整個擋住了。」

督導說，「嗯，對，我知道隊伍有點長。」他似乎聳了聳肩。

雷基看看手錶。這件事已經花了超過說好的時間。

「飯店邀我們送這些文件過來。」瑞佛提的口氣聽起來像督導冒犯了那些信。

「我知道。」督導說，「你們就不能好好排隊嗎？」

「或者啊，」雷基說，「你繼續擋我們的路，這些箱子就會不小心掉在你頭上。」

蘿拉說，「各位，別動氣。」

雷基考慮了一下，不過他還來不及改變策略，一位更有權威的人就從督導辦公室走出來。

她約五十五歲，身材高挑，跟飯店大堂一樣經過細心打理保養，毫無瑕疵。她打量眼前的狀況一會兒，視線聚焦在蘿拉身上。

「蘿拉．藍欽！是妳嗎？」

「很高興認識妳。」蘿拉伸出手說，「除非我們以前見過，那我希望妳過得很好。」

「不，我們沒見過，不過我當然認得妳。我叫海倫，我是飯店經理。」她轉向大門侍者的督導。「查爾斯，幫他們搬箱子，好嗎？」

「不用了，謝謝。」瑞佛提趕忙說，「希斯和我可以處理，沒有問題。」

海倫說，「都聽你們的。」

雷基和瑞佛提把箱子推進去，飯店經理走在蘿拉身旁。

「我希望有人先跟我說妳要過來，」她說，「要是知道，我就會——」她停下來。「喔！我想起來了，這個禮拜妳要去城堡旅行吧？」

蘿拉說，「妳說什麼？」

「我在《太陽報》讀到的。天哪，今天晚上妳住在這裡嗎？」她眼睛一亮，瞳孔中的色彩斑點閃閃發光，像狗仔相機和英鎊硬幣。「我都沒發現，他們真的應該告訴我。我看行程表沒有列出我們的飯店。」

「不，我們沒有要住下來，我們——妳是說《太陽報》居然刊了我整趟旅行的行程？」

「對。」飯店經理說，「妳不知道嗎？」

「不知道。」蘿拉說，「看來我最好跟報社的人談談。」

「嗯，媒體也該守分際，對吧？」

「他們很快就會學乖了。」蘿拉說，「妳能告訴我們展覽廳在哪兒嗎？夏洛克・福爾摩斯的信該放哪兒？」

女子說，「嗯，沒問題，我帶你們過去。」她對雷基和瑞佛提說，「請跟我來，就在這邊。」

她護送他們穿過大堂，越過天井下的主要接待區，行經金色幃帳、室內高大的棕櫚樹，以及品嘗下午茶的遊客和當地人。

他們走上鋪有地毯的斜坡，來到中層。環繞整層的走廊是最佳的展示空間，遊客必須經過走廊，才能進到其他展覽廳。

中層樓梯頂端放著一台影片播放器，看來人走到前面就會啓動，或者只是時間剛好，他們一走到斜坡頂端，螢幕就亮了起來，開始播放：

「歡迎光臨。」影片中穿著華貴的六旬男子說，「我是哈洛・雷德馮，馬里波恩大飯店的執行長。本飯店是我們的旗艦旅館，在我們家族已代代相傳多年。我打從心底感謝您，與我們一同慶祝飯店創立百年的紀念。」

「好像迪士尼樂園喔。」蘿拉說，「如果我們走下樓梯，再走上來，他會重頭說一次嗎？」

飯店經理微微一笑。「他是我哥哥。」她說，「我負責管理家族的連鎖飯店，他則負責開董事會，做行政決定，還有處理公關。你想叫他住嘴都沒辦法。往這邊走吧，走遠就聽不見他的聲音了。」

他們走過走廊。

「走廊主要牆面上，」飯店經理說，「我們展示了飯店本身的歷史紀念品和文件。沿著這一側，商店協會的每個會員都有獨立的展覽廳。」

她停在一間空蕩蕩的房間外。

「到了。」她說，「這是你們的展覽廳，中央展示架和四面牆都隨你們使用，呈現想展示的展品。希望你們喜歡！需要我派一些工作人員來幫忙嗎？」

雷基正打算說好，但他動作不夠快。

「不用了。」瑞佛提立刻說，「我們自己總有辦法。謝謝。」

女子說，「那我等會兒再過來，看你們做得如何。」

「我們只會敲敲打打而已。」她沿著走廊離開時，雷基說，「別管我們有多吵。」

「我覺得，」蘿拉說，「我們剛經過的展覽廳，有小丑那一間，好像擺出了迷你起司漢堡。你們沒聞到嗎？我們走的時候，應該過去吃點點心。」

「眞希望他們替我們安排比較正常的同伴。」瑞佛提說，「你要怎麼詮釋夏洛克．福爾摩斯都行，但他不是美式起司漢堡。」

「要是你沒吃早餐，就不會這麼說了。」雷基說，「把這些該死的東西打開吧。」

瑞佛提把一盒信拿到房間一側，雷基和蘿拉把另一盒拿到另一側。

蘿拉和雷基開始從一八九〇年代的盒子拿出信來。

「我來讀，再決定要挑哪些。」蘿拉說，「你把信釘到牆上。」

雷基說，「不錯。」

蘿拉讀道，「這是第一封：『請把你的論文寄給我，我想知道依照外套袖子的磨損程度，如何判斷一個人的職業、習慣，以及他會不會勒索人。』」

雷基說，「不錯的開頭。」

「我們可以把這一封放在門口。」蘿拉說，「下一封：『我有一張藏寶圖，指向沉沒的十六世紀西班牙大帆船征服者號。假如你替我解開密碼，我保證找到寶藏後，會分給你淨利的二成五，但不包括尼泊爾的皇家紅寶石，那些我要自己留著。』」

雷基說，「這提案不怎麼慷慨。」

蘿拉說，「那就放在側牆上吧。」她抽出另一封信。

這回她停下來，靜靜反覆讀了幾次，然後說：

「我犯了邪惡的謀殺罪，現在我要自白，還附上我的名字和簽名。」

雷基說，「什麼？」

「這只是概要。精華段落如下：『親愛的夏洛克・福爾摩斯先生：

「『……我希望你知道，我幫了你一個大忙。

「『莫里亞提教授現在確實死了，我殺了他。』還有些有的沒的。然後這個人又補充說，『他往生之前，我還讓他受了不少苦，就不跟你多收費了。』」

蘿拉把信拿給雷基看。「凌遲加謀殺，」她說，「多吸引人呀？」

「啊，還好啦。」雷基說，「如果有人寫信坦承犯下眞的謀殺，我認爲蘇格蘭場會出面處理，而不是把信塞到盒子裡。不過既然他坦承殺了一個虛構角色——」

瑞佛提從房間另一端抬起頭，朝這邊看了一會兒，又繼續處理他的那疊信。

「我們把這一封放在中央展示架，讓大家都看得到。」蘿拉說，「取代這一封好了，這只是某奈及利亞王子寄給夏洛克．福爾摩斯的信。」

不出幾分鐘，所有指定的牆面空間都用完了。瑞佛提把剩餘的信一箱箱放回推車上，準備讓雷基推下樓。

「你們先走吧。」蘿拉說，「我馬上就來，我要去隔壁拿一些迷你漢堡。」

雷基和瑞佛提把推車推出去。幾分鐘後，蘿拉在飯店門口和他們會合。

她說，「不好意思，我耽擱了。」她拿著用紅白包裝紙包的一袋小漢堡，瑞佛提婉拒了，雷基則欣然接下。

「太奇怪了。」蘿拉說，「我要離開的時候，飯店經理依約過來看了一眼。出於禮貌，我待了幾分鐘，等她最後好好感謝我們。她沿著牆走，點頭稱讚我們掛展品沒有弄得太亂。然後她走到中央展示架——我們只放了那一封信，有人宣稱殺了莫里亞提——她臉色突然變得跟鬼一樣慘白。」

雷基說，「怎樣，我擺歪了嗎？」

「我覺得不太可能，你會以爲那件事跟她本人有關呢。一開始我指給她看那封信，她微微一笑，還花時間全部讀完了。然後她的表情忽然大變，她甚至沒有留下來檢查剩餘的展品，只說她突然想起有急事，就轉身衝出去，彷彿火災警鈴響了似的。」

「飯店就是這樣，」雷基說，「總會發生完全可以預料的危機，而且通常都是造成客人不便，又替飯店賺錢。每次我住飯店，他們要不是忘記我要求視野好的房間，就是堅持我必須忍受窗外的施工噪音，或沒有暖氣，或免費早餐暫時取消了。」

「我住飯店的經驗通常不是這樣，」蘿拉說，「我總覺得工作人員都不錯。」

「因爲妳的飯店運很好，我的飯店運很差。」

蘿拉說，「好吧，希望今後我們的運氣能打平。不管怎麼說，從她的表情來看，如果你的經驗沒錯，我很慶幸沒有安排住這間飯店。」

瑞佛提說，「我只希望該死的展覽趕快結束，好讓我們把信收回該放的地方。」

蘿拉把那袋迷你漢堡丟進雷基的車，一面瞥了瑞佛提一眼，又看向雷基，挑起一邊眉毛。

雷基聳聳肩。他跟蘿拉一樣，從沒聽過瑞佛提發牢騷。

8

馬里波恩大飯店中層的所有展覽終於都布置好了（包括多賽特大樓那些傢伙拿來的夏洛克·福爾摩斯信件，他們感覺從沒做過布展這種事）。一名年輕導覽員站在樓梯頂端的自動影片播放器旁，等待影片結束。

她不想出錯。女飯店經理總讓人備感威脅，幾分鐘前，她才氣沖沖衝過去，現在不知為何，她似乎又在觀察他們。她站在中層另一端，只稍微隱身在棕櫚樹盆栽後方。

導覽員不知道飯店經理為什麼要看他們，但無論如何，她知道現在絕不能搞砸。

她面前聚集的人數足夠開始導覽了。她看到一名三十幾歲的女子帶著兩名幼童，幾位較年長的退休人士，六名學生和他們的老師，以及一名本週第三次出現的女子。她大概二十五歲，即使隔著幾十公分，她銳利的綠眼睛都令人驚艷。

開展以來，女子每天都來。第一天她盯著一件展品看了好久，害新上任的導覽員不禁緊張起來，導覽結束後還特地通知了保全。

不過什麼事都沒發生。女子並沒有做出不當的舉動，只是隔天又回來，今天也再次出現。

導覽員開始說明。

「歡迎參加馬里波恩大飯店創立百年紀念活動。」導覽員說，「對我們來說，這是很特別的時刻，因此我們準備了很特別的展覽——不只展示飯店本身的歷史，也讓各位認識一下馬里波恩區的企業團體。我指的不只是美式迷你漢堡喔。」

群衆中幾名大人贊同般輕笑起來。漢堡展覽廳的味道陣陣飄到走廊上，不知道該說是好還是壞。

「漢堡是今天特別爲了慶祝活動做的，在小導覽結束後免費供應給大家。」

群衆又做出贊同的反應。導覽員帶著他們前進，走進第一間展覽廳。

「這次展覽中，大部分的文件和照片都從未對大衆公開。這間房間展示了多年來的信件，全都寫給馬里波恩區最有名的住戶——夏洛克・福爾摩斯。」

綠眼女子開口說，「妳應該知道他不是眞人吧。」

導覽員說，「您說什麼？」綠眼女子過去來訪時，總問導覽員何時夏洛克・福爾摩斯的信件展覽會準備好，今天終於首次開放了。

「夏洛克・福爾摩斯不是眞人。」綠眼女子又說了一次，彷彿在揭露大秘密，「他是虛構的角色。」

學生竊笑起來，其中一名老人露出寬容的微笑。

「對，當然沒錯。」導覽員說，「不過這些是寫給他的信。各位等會兒可以進來細看。」

導覽員並不打算帶這一小群人看完整個展覽廳。導覽只有十分鐘，她需要他們沿著走廊移動——尤其飯店經理還躲在室內盆栽後面觀察。經理大概希望導覽偏重跟飯店有關的展品，所以導覽員想要繼續前進。

可是綠眼睛的年輕女子動也不動，似乎給夏洛克‧福爾摩斯展覽中央的信吸住了，整個人直接站在前面，其他群衆也跟著她晃進房內。

「請跟我來，」導覽員說，「各位只要繞過轉角，來到走廊，就能看到介紹馬里波恩大飯店歷史的第一項展品。」

群衆遲疑了一下。

「那麼跟我來吧。」她又說了一次，用上導覽員下命令的威嚴口氣。

包括綠眼女子在內，這一小群人終於有了反應。他們挪動幾步，從信件展覽廳走到走廊上第一件展品。太好了，因爲飯店經理還在看他們。

「嗯，很好，謝謝。」導覽員說，「各位可以看到飯店創立的原始合夥文件——距離這個月正好一百年。大家會注意到，這份文件的記錄方式稍嫌老套——當年許多人仍習慣手寫，畢竟不是每個人都有叫打字機的新潮玩意兒。」

大部分的群衆似乎不感興趣，只有綠眼女子看似又覺得這份文件很了不起。一群像她這樣的旅客一定是最棒的聽衆——前提是導覽得長達一整天。

可惜不行。導覽員試圖結束介紹這件展品，繼續往下走。

「整份合約由各方撰寫簽名，只用了一頁。以前做事是不是簡單多了！」

大人再次露出客氣的笑容，輕笑幾聲，最好的反應大概就這樣了。

導覽員領著這一小群人來到走廊盡頭。至少大多數人跟上了，綠眼女子又落在後頭，獨自盯著創立飯店的手寫合夥合約。

好吧，導覽員只能拋下她了。導覽員迅速帶著群衆前進，越過走廊上幾份文件。她停下來，要大家聚集在牆上一張新掛上的照片前。

「偉大建築的歷史中，除了光鮮亮麗的日子，也不免有陰暗慘澹的過去。這是一九四四年十月的飯店照片，當時一顆V2炸彈落在飯店和這條街上的酒吧之間。爆炸後不久，飯店的一名房客拍了這張照片。右上角可以看到消防隊員仍在現場，剛撲滅火勢，完成他們的首要任務。那一天共有二十三顆炸彈爆炸，雖然大家同心協力幫忙，仍無法立刻清理現場——永遠都有另一個地方急著需要救助。」

這是導覽的最後一件展品，今天早上剛從國家檔案館送來，掛到牆上。年輕導覽員非常清楚，中層所有文件和照片當中，沒有哪一件如此有分量。她停下來，讓每個人仔細欣賞。

其中兩名老人靠近照片，輕聲談論，相互點頭，彷彿他們也曾親身體驗。

黑白照片寬四十五公分、高三十公分，看起來並不起眼。炸彈直接撞上路面，炸出六公尺寬的大洞，照片中可以看到一部分。消防員和旁觀者站在大洞右方，畫面中央的洞口後方，就是酒吧門面原先所在的位置。

酒吧樓上的閣樓原先有個撞球室，但二樓幾乎都炸飛了。僅存的地板往下傾斜，一張沉重的大司諾克撞球桌呈現四十五度角，從閣樓地板垂到地上。

背景右方可見酒吧吧台，生啤酒的龍頭拉桿竟然完好無缺。酒保刻意站在吧台後面，將一杯酒交給同樣刻意站在那兒的酒客。兩人的姿勢好像都在說，即使歷經劫難，不管炸彈在寂靜深夜或熱鬧無比的白天落下，倫敦人還是會繼續過活，彷彿剛發生的事不比壞天氣麻煩。

照片前方站著一名七十幾歲的高瘦男子，面向鏡頭，顯然應攝影師要求停了一下。他兩手各牽著一個小孩，男孩大約九歲，女孩可能五歲。

其中一名老人問，「這兩個小孩是誰？我們知道他們後來怎麼樣嗎？」

「我們確實知道。」導覽員露出驕傲的笑容說，「照片前方的老人正是本飯店的創始人。至於他身邊的兩個小孩——嗯，各位今天也許已經在飯店內或介紹影片中看過他們了——小女孩是我們的飯店經理，小男孩則是整個飯店集團的執行長。」

語畢，導覽員給大家一點時間，進一步研究照片。

照片中男子一臉倔強，幾乎怒目瞪著鏡頭。任何人第一眼都會把他的表情解讀為面對殘酷逆境的勇氣，然而他的神情跟其他人都不太一樣。

女孩握著他的手，看來身體快要休克了。

站在老人另一側的男孩表情又不同了——警戒、恐懼、憤怒，很難判斷何者占上風。就導覽員來看，不管他看到什麼，必然都不是孩子該看的事——但她認爲沒必要告訴觀賞的遊客，畢竟這只是一張照片。

照片中的消防員似乎看著不在前景的東西。二樓垮到馬路上的沉重石板角落和桃花心木撞球桌幾乎遮住他看的對象，攝影師拍照時或許根本沒注意到，現在大部分人也不會發現。

然而一雙銳利綠眼的年輕女子似乎受到照片吸引，老人們才讓出空間給她，她就靠上前看個仔細。非常仔細。她盯著照片看了好久。

然後她轉向導覽員。

她說，「地上這個人是誰？」

「您說什麼？」

「這裡，」年輕女子說，「司諾克撞球桌後面。」

導覽員上前看了一眼。

導覽員很年輕，視力很好，但她也花了好一會兒，才終於看到。

司諾克撞球桌後面有一具屍體，大半掩蓋在崩塌的灰泥下，在顆粒粗糙的照片上顯得模糊，幾乎看不清楚。她勉強可以看到軍服的一角——從橄欖色外套和黃褐色褲子來看，是美軍制服。

導覽員說，「我的天——」

她知道假如飯店知情，絕不會展出這張照片，實在太不妥當了。呈現飯店歷史是一回事，呈現戰爭歷史是一回事，表達尊重又是另一回事了。她立刻轉過身，面對小小的導覽團，擋在他們和照片之間。

「我們簡短的導覽到此結束，非常感謝各位參加。」

導覽員站在原地，直到這一小群人散去。飯店經理還站在中層盡頭的盆栽後面，她趕忙朝那個方向跑去。

導覽員匆忙離開後，綠眼女子又回來了。

她盯著照片，看了好一會兒，才終於轉身，沿著走廊走回導覽團已經看過的展覽廳。

綠眼女子離開時，飯店經理海倫從走廊過來，打算親自看一眼。

導覽員已經提醒她該看照片的哪個位置，所以她很快就確定導覽員說的確實沒錯——畫面上可以看到屍體的一部份。照片必須拿下來。

然而飯店經理盯著照片好一陣子。

她從沒看過這張照片。她聽說這張照片好幾年了，她知道國家檔案館的人建議拿來參展，也沒有反對。她想不出好理由拒絕。甚至當行銷團隊提議將照片複印分送到集團各間飯店，在創立百年紀念期間展示，她也沒能反駁。

但她從來不期待看到這張照片，她就是不想。當時她在現場，對她來說，這不是一張歷史文物，而是她的個人記憶。

她覺得沒有必要去看。

但現在她非看不可，於是她仔細端詳，看著照片中自己的臉、哥哥的臉，以及祖父的臉。

然後她把照片連同裱框一起拿下來。

她將照片夾在腋下，沿著走廊走向通往頂樓的電梯。

她還沒走到電梯就停了下來。她還在中層走廊，周圍展示著飯店過往的其他文件——在她正對面，走廊牆上掛著一個空的展示框。

有一份文件不見了，從展示框消失了。

她馬上就發現是哪件展品：那張合夥文件，一八九八年簽署創立飯店的原始合約。

過去幾分鐘內，一定有人偷走了。

海倫思索一下。

她轉過身，匆匆走向電梯。一走進電梯，她就撥電話給保全總管，但電話轉到答錄機。

該死，他什麼時候不出去，偏挑現在。

幾分鐘後，海倫走出大堂，來到飯店門口。她召來飯店的加長型禮車，要駕駛載她去金絲雀碼頭的集團總部。

抵達之後，她搭電梯到頂樓，直接走向哥哥的辦公室。

「他可能在開會。」他的個人秘書坐在等候室說，「我打個電話，告訴他妳來了。」

「隨妳便，」海倫說，「我現在就要見他。」

她推開關上的辦公室大門，走了進去。

四十分鐘後，海倫離開哥哥的辦公室，搭禮車回到飯店。

她必定顯得心神不寧，因爲幾分鐘後，禮車駕駛再怎麼專業謹愼，竟也打破行規，問她出了什麼事。

她搖搖頭，沒有回答，拉起禮車的中央隔板。

9

隔天早上

雷基剛抵達貝格街法律事務所，還來不及把外帶咖啡放在桌上，電話就響了。

雷基接起電話。

「希斯！幸好你在辦公室。」

來電的人是溫柏利探長，雖然收訊很差。

「溫柏利，你好嗎？你的聲音好小。」

「我用手機打的，我在肯維島。希斯，這兒有樣東西你會想看。」

雷基完全不知道是什麼，他手上沒有未結的刑事案件。他說，「你知道禮拜六我和蘿拉就要出城了。」

「對，我有看報紙。」溫柏利說，「所以你更應該現在過來看。希斯，我建議你開車來，我跟鑑識團隊還會待一到兩個小時。」

然後電話就斷了。

雷基上了捷豹跑車，開到泰晤士河口的肯維島。

空氣很冷，但天空晴朗，沿路看著點綴羊隻的山坡和藍色天際，實在很難想像到什麼黑暗危險的事。溫柏利一定誇大了事情有多緊急。

雷基開下出口。下方可以看到肯維島上的小村落，再過去就是大海。

他開過村子，進村時經過一間酒吧，從另一端離開時又經過一間。

他停在路邊，在公車站向一名女子問路。她似乎早準備好答案，叫他往河口再開四百公尺，然後在抵達碼頭前右轉。

他聽話開上小丘。這兒可以清楚看到河口，水勢不如遠方看來平靜，反而變化萬千，水面深藍色的角度不斷改變。

他往下開進山谷，再次轉彎離開狹窄的鋪設道路，開上同樣狹窄的未鋪設道路。

他開向山谷內唯一的木頭小屋，屋子周圍沒有籬笆，旁邊放著一輛木製平台舊卡車。

屋子前面停了兩輛掛有蘇格蘭場官方徽章的車，其中一輛是鑑識科的廂型車，雷基認出另一輛是溫柏利探長的轎車。

雷基停好車，走向門廊。就算他不知道這麼靠近河口的獨棟小屋主人一定是漁夫，現在聞到木頭建材的味道，他也知道了。

一名鑑識人員正從廂型車扛下設備。雷基認得這位四十幾歲的女子，她叫歐席亞。雷基走近時，她瞥了他一眼。

「希斯，早安。」她說，「溫柏利在裡面。」

雷基說，「妳知道他爲什麼打給我嗎？」

「我猜他會告訴你。」她說，「進去前請穿上這個。」

她丟了一雙拋棄式的薄鞋套給雷基。

雷基踏上狹窄的木頭門廊，把鞋套套上鞋子，再推開大門。

他在入口停了一下，給眼睛時間適應黑暗的室內，順便讓一點光線從打開的門口照進來。兩面牆上都有窗戶，但沾滿油漬的厚實黑膠窗簾都拉了下來。

「什麼都別碰。」

溫柏利對他說。

探長小心跪在房間另一端的地上，粉筆在他腳邊畫出人形，附近則有一灘乾掉的血。房間盡頭充當廚房用，非常狹窄，裝了鋼製水槽和水龍頭，以及破損的老舊白色琺瑯火爐和黑色烤架，旁邊還有一張小桌子和兩張單調的椅子。

雷基站在房內的一般生活區域。他右邊就是陳舊的綠色布沙發，配上小茶几和桌燈。他左邊則有一組舊電視和小木頭書櫃，全擠在臨近的角落。牆邊放著一張摺疊式窄床，他看到一扇門通往臥房。腳邊浸了油的深色木地板從門廊延伸進來，經過客廳一路舖到廚房。

房內殘留某種烤肉的味道。雷基低頭，看到門口一進來的沙發旁邊地上，有一個半滿的白色紙袋，裝著速食餐廳的食物。

在沙發另一端，一盞壞掉的地燈擺在沙發和廚房之間。

雷基靠近廚房。他在水槽裡看到兩個沒洗的盤子、用過的餐具，以及一個濾茶器。火爐上擺著平底鍋，還有一些油膩的殘渣。流理台上可見一個茶杯和幾個飲料杯、一些灑出來的即溶咖啡粉，以及一條包裝沒封好的麵包。

雷基隨興四處看看。探長要他什麼都別碰，其實他也沒道理去摸，這不是他的案子。他也不羨慕鑑識團隊得試圖分析廚房地板吸收的每種生物物質。

「也不要擦到東西表面。」溫柏利說，「我不想叫他們從這裡找到的各種纖維中排除你的大衣駱駝毛，你進來之前應該把那件該死的外套脫掉。」

雷基說，「溫柏利，今天很冷。而且我什麼都不打算碰，我只想知道我來做什麼。」

探長點點頭。

「屍體已經送去實驗室了。」溫柏利說，「死者叫齊佛頓，漁夫，六十歲。昨天晚上大概六點，他的鄰居去酒吧路上經過，注意到大門開著，進來一看，發現屍體就報了警。根據鄰居所說，齊佛頓一個人住。」

雷基說，「可是我猜他最近有伴。」

「對，」溫柏利說，「可能是應召女。鄰居說他很少有客人，但歐席亞在臥室找到電話亭貼的廣告，廁所水槽還有一根女生的頭髮。嘿，別碰。」

「我沒有碰。」雷基看著鑑識團隊整理好放在塑膠托盤上的收據和票根。「你覺得他們當中哪個人——在這裡住了一輩子的漁夫，還是應召女——會搭公車去邱區，到國家檔案館做研究？」

「好問題。」溫柏利說，「而且如果他替應召女在客廳擺了小床，我覺得他可能沒搞懂召妓的意思。不過我想給你看的東西在這裡。」

溫柏利走到房間前方，打開沙發旁的小桌燈。

鑑識團隊在沙發底下的地上標出一個六十公分的長方形，撬起其中一塊深色木板。溫柏利跪在鬆脫的地板旁，挑起木板，從下頭拿出一個小錫盒。他轉過身，把盒子拿到明亮的門廊，擺在鑑識桌上。雷基跟在後頭。

雷基說，「發現屍體的時候，那塊木板已經挪開了嗎？」

「沒有。」溫柏利說，「地板鬆了，但還在原位——歐席亞第一次巡察時發現的，一般人隨便看不可能注意到。戴上。」

溫柏利交給雷基一雙矽膠薄手套，然後打開盒子。

裡頭只有一樣東西：一張折起來的報紙，裁剪整齊，尚未泛黃。

溫柏利小心拿起報紙，交給雷基。

雷基攤開紙片。那是《太陽報》的剪報，刊於不到一個禮拜前。雷基沒有看過內容，但最近才聽說有這篇短文。八卦版面的頭條寫著：

文章自以為是地報導他們的訂婚之旅將前往紐奎，隨後在女方的家族城堡宣布訂婚，然後蘿拉就必須飛去別處拍攝電影。報紙稱呼此行是提早的蜜月旅行。文中刊出他們的行程，詳列日期和地點，還不免俗推測未來的新郎倌有沒有精力撐到終點。

刊登這種內容非常無禮，但他不意外，畢竟這是巴克斯頓勳爵的報紙。

溫柏利說，「我想你不是第一次聽說這篇文章了。」

「的確不是。」雷基說，「我碰巧知道蘿拉和我要在城堡宣告訂婚，我甚至大略知道行程。巴克斯頓勳爵當然會在他的報紙上揶揄我們，那是他的維生工作，況且蘿拉答應我的求婚之前，剛好拒絕了他。」

「也是。」溫柏利說，「不過我覺得應該告訴你，這名漁夫顯然認為有必要只剪下這篇文章，保存在錫盒裡，藏在他家的地板下。」

「然後有人就在廚房刺死他了。」

「沒錯。」溫柏利說，「我的生活很平淡，希斯，跟你不同。不過如果是我，我會很擔心這種事。」

「所以你覺得死掉的漁夫是瘋狂追星族？還是追星搭檔之一？」

溫柏利聳聳肩。「每個人都有自己的幻想，希斯。我只是覺得你該知道。」

「謝謝你。」雷基說，「我想媒體很快就會到了？」

溫柏利說，「他們在路上了。」

「你覺得能避免蘿拉的名字曝光嗎？」

溫柏利說，「我盡量。」

雷基拿著報紙剪報說，「我可以留著嗎？」

「你留著要做什麼，裱起來嗎？當然不行，歐席亞會把剪報跟其他東西一起帶回實驗室。」

他們一起轉頭，看向歐席亞。她從卡車旁回望他們，笑著揮揮手。

雷基把剪報放回盒子。「你會把她的發現告訴我？」

溫柏利點點頭。「可能要等幾天，你大概已經上路了。必要時我想可以打到你住的飯店。」

「嗯，」雷基說，「反正我的行程都衆所皆知了。你可以試著打我的手機，但我們去的地方可能沒有收訊。」

雷基回到車上，離開肯維島。他急著想回到倫敦。他跟蘿拉幾天後就要出發旅行了，這不是他的案子，他也不想跟死人扯上關係。

10

雷基不想告訴蘿拉，警方剛在犯罪現場的隱密空間找到他們旅遊行程的剪報。因此他沒說，至少那天晚上沒說。他認為他知道該如何處理，但他覺得她不會喜歡，所以他按兵不動。

不過隔天早上，當他把烤得完美的法式吐司從平底煎鍋滑到蘿拉的早餐盤上，開著的電視替他宣布了消息。新聞報導肯維島的謀殺案，鉅細靡遺描述細節，講得比現場實際看到的狀況還駭人。記者拿平靜的海邊小鎮與浸滿鮮血的可怕犯罪現場相比，並說證據顯示，犯罪現場有人迷戀姓名未知的知名倫敦舞台劇女演員，她即將踏上一段浪漫旅程。

「為什麼每次凶器都是廚房刀？」蘿拉說，「以一個國家來說，總覺得我們偶爾可以有創意一點。」

雷基說，「我想只是順手方便吧。」

「還有他們說的這個女演員是誰？我可不想當她。先別管殺人魔青少年電影怎麼說了，有什麼比知道狂熱的瘋子要跟蹤妳去甜蜜幽會更糟？」

蘿拉說完，連自己都頓了一下。

雷基提議，「不知道更糟？」

蘿拉看著他。

她說，「你有什麼事沒告訴我嗎？」

雷基只好告訴她。

蘿拉把楓糖漿倒在一口法式吐司上。

「我真的很喜歡吐司的邊角。」她對雷基說，「你都烤得好酥脆。」

她吞下吸滿楓糖漿的酥脆吐司，思索了一會兒。

「好吧，」她說，「我想我應該感到榮幸，我終於成為明星了。雖然我以為職業漁夫通常不會狂收集明星剪報。」

「狂收集明星剪報？」

「現在粉絲都這樣。」

「我以為那種人就叫跟蹤狂。」

「除非他把你的照片釘在牆上，在上頭畫紅色靶心。或跳過樹籬，突然出現在你的後門廊上。」

雷基說，「呃，他也差不多了。」

「不過無所謂了吧？你說那個可憐人已經死了。」

「呃，對。可是我們認爲那棟房子不只他一個人，應該還有別人在場，否則他就不會死了。」

「你是說有一小群蘿拉・藍欽的信眾躲在漁夫小屋，其中一個以上現在逍遙法外？」

「我覺得信眾這個詞有點太誇張了。不過以防妳還有一名粉絲活著，又對妳和廚房刀情有獨鍾，我想稍微調整我們的行程。」

「什麼意思？」

「做點更動，我們還是可以去同樣的地點，只是不住報紙刊登的飯店。當然城堡除外，我知道我們非去不可，而且城堡總該戒備森嚴吧。」

蘿拉放下叉子，盯著他。

「雷基，你再怎麼努力，這麼臨時也訂不到其他飯店。況且你自己說過，你的飯店運很差，我的運氣則一直都很好。聽你剛說的這些話，我覺得這次也不會不同。」

「可是——」

「你確定你不是藉機想叫我把行程整個改去陽光燦爛的地方？」

雷基說，「絕對不是。」

「好吧，那我認爲你需要學著別擔心了。如果有個狂熱的傢伙眞的跑來——正式受邀的特定狗仔除外——城堡裡的舊散彈槍多到我都數不清，而且我阿姨受過訓練，每支都會用。」

「這下我真的擔心了。」

「你看吧？跟真正的危機相比，換個觀點問題不就解決了。你第一次見我阿姨的時候，一定要讓她好好看看你。當天晚上如果你繼續穿同樣的衣服，從你的房間偷偷溜過涼爽的大廳到我房間，感覺也不錯。」

「妳是說我們必須睡在不同——」

「到了城堡以後，對，當然沒錯。我說過了，我們有很多家族傳統。」

雷基說，「老天啊。」

11

那天早上，雷基送蘿拉回到她在切爾西區的家，然後前往貝格街法律事務所。他走向辦公室，打算在出遊前把公事收尾。

可是露易絲在走廊攔住他。

她說，「你會殺了我。」

「胡說。」雷基說，「如果我想殺妳，我僱用妳的第一個禮拜就會下手了。之後妳的表現都很完美。」

「謝謝，希望你聽我說完還記得這番話。」她說，「有兩件事。第一，我搞錯了幾個日期，結果安排你星期二一大早出庭。」

「妳說的星期二不會是——」

「對，不好意思，就是你和蘿拉一回來的隔天早上。」

露易絲的臉頰稍微泛紅，她不情願地從背後拿出一份捲起來的案件摘要，交給雷基。「不過我覺得案子不難。」她補上一句，希望暫緩他的怒氣。

雷基瞥了一眼。「沒錯，」他說，「別擔心，今天下午我還有一小時，如果不夠，我就帶著資料上路，回程再準備。」

雷基打開公事包，把案件摘要塞進去，再闔上蓋子。

露易絲說，「還有一件事。」

雷基說，「嗯？」

她說，「我想直接指給你看好了。」

露易絲走到俯瞰貝格街的窗邊，往下看，揪起臉說，「沒錯，他還在那兒。我眞的很抱歉。那時候我正在懊惱排錯時程，他逮到機會問我整個早上你會不會在，我狀況不太好，來不及阻止自己就老實回答了。」

雷基跟她一起站在窗邊，往下看。

瑞佛提在一樓路上，他的掀背車違規停在路邊，他站在一旁，雙手交握在背後，不耐煩地來回踱步。

他抬頭往上看。

雷基和露易絲同時從窗邊往後縮。

雷基說，「他現在又想幹嘛？」

「又跟那些信有關。」露易絲說，「你想從後面的停車場出去嗎？我就說我忘了告訴你他來了。」

「沒用。」雷基說，「你看他踱步的樣子？他一定看到我開車進來了。他先走到街角，檢查停車場出口，確定我沒出來，然後回到他的車旁，又走到街角。我永遠躲不掉他。我想如果算準時間，我可以剛好撞倒他，但這樣太麻煩了。」

露易絲說，「我眞的很抱歉。」

「嗯，」雷基說，「也許我能從他旁邊溜過去。我走了妳就可以鎖門了。」

雷基拿了公事包，下樓來到大堂。他選中另一名身穿西裝的商人，稍微蹲低，盡量躲在他後面，跟著他走上貝格街。然後雷基快步走向停車場。

「希斯！幸好逮到你了！」

雷基停下來。「瑞佛提，我要出城幾天，你早就知道了。」

「對，這樣剛好順路，完全不會佔用你的時間。」

「你在說什麼？」

「我們得去把信拿回來。」

「什麼？你說我們剛拿去飯店展覽的信？」

「對，飯店希望我們立刻拿回來。」

「爲什麼？」雷基說，「展覽不會已經結束了吧？」

「希斯，我跟你一樣很氣他們。」

雷基說，「我氣的不是他們。」

「上禮拜他們還很期待拿到信，」瑞佛提忿忿地說，「顯然對他們來說，我們還是不夠格。」

「太可惜了。」雷基說，「我本來希望飯店會把信留下來。」

「我需要你幫我把信拿回來。」瑞佛提說，「我解釋過了，不能交給陌生人處理。」

雷基評估一下瑞佛提的焦慮程度，感覺非常高。

他終於說，「我可以撥二十分鐘幫你拿信。」他再次查看手錶。「但你要自己開車載回來，我有雜事要辦。」

瑞佛提說，「沒問題。」

瑞佛提上了掀背車，雷基開捷豹跑車跟在後面。

這回他們成功把車停在正門，沒有人反對。年長的侍者走出來，想替他們開門，年輕的侍者則立刻進去，隔了一會兒帶著飯店經理回來。

她看到他們非常高興。

她說，「你們人眞好，也謝謝你們諒解。」

「畢竟這是你們的飯店。」瑞佛提的口氣聽起來像遭到情人拒絕，「沒有你們，這些信也會好好的。」

即使飯店經理打算回話，她也忍住沒說。她再次護送他們穿過大廳，比起拿信來時，她的動作這次急迫明確多了。

雷基完全不在意。

大廳旁的一樓貴賓室有一台電視。他們三人走上通往中層的斜坡時，雷基瞥見螢幕——平常必播的足球比賽正好被新聞節目打斷了。報導頭條是肯維島的漁夫謀殺案。

雷基看著螢幕，飯店經理也看了一眼。就算她覺得報導很重要，她也沒有表露出來。

他們迅速走過走廊。

來到信件展區入口時，雷基說，「有東西掉了嗎？」

女子說，「不好意思？」

「除了信件展區旁的牆面，你們把走廊整面牆都遮住了。原本牆上不是展示了文件嗎？」

「喔，」她說，「展示框壞了，玻璃上有條小刮痕，我們正在修理。」

他們沒有停下來，隨著她直接走進信件展覽室。

女子說，「等你們好了，麻煩再打電話給我？」

瑞佛提說，「隨妳便。」

二十分鐘後，他們拿下牆上所有的信，包括中央展示架那一封。幾乎每封信都裝回了箱子裡。

飯店經理回來了。

「快結束了嗎？」她沿著展覽廳周圍迅速繞了一圈檢查，最後瞥向中央空蕩蕩的展示架。

「所以你們全都收好了，沒什麼問題？」

「別擔心，」瑞佛提有點暴躁地說，「我們沒有傷到任何東西。」

「喔，當然當然。」女子說，「我只是……嗯。那麼我送你們出去？」

她帶他們回到走廊，走下鋪著地毯的斜坡，來到大堂。雷基推著堆滿箱子的推車。

瑞佛提把掀背車開到正門口。

女子說，「我找人來幫忙。」她從門口叫來年輕侍者。「查爾斯會幫你們把箱子扛上車。」

「不用了，」瑞佛提說，「我們可以自己來。」

飯店經理站在一旁，年輕侍者顯然倍感壓力，還是動手幫忙了。雷基和瑞佛提分頭把箱子放進瑞佛提的車。雷基還來不及回頭，侍者就拿起最後一個箱子。

瑞佛提對侍者說，「不行，等一下。」

可惜來不及了。侍者沒有好好從底部抱起箱子，只抓住角落和頂端邊緣——於是箱子掉了。

隨著悶悶一聲，裱框的信件滾到人行道上，展示框玻璃碎了一地。

瑞佛提說，「該死。」

侍者說，「我非常抱歉。」他緊張地瞥向飯店經理。

飯店經理沒說話，只是繼續在一旁看。

侍者說，「我真的非常、非常抱歉。」他焦急地撿起信件，試圖裝回裱框裡。當他發現做不到，便盡量想把信塞進已經扛上車的箱子。

「停，停。」瑞佛提說，「我來就好。」

侍者終於後退，又說了一次，「我真的很抱歉。」

雷基把箱子確實推進車廂，瑞佛提終於把車門關上。

「嗯，」瑞佛提說，「我想沒什麼問題，不過破了幾塊玻璃。」

「我真的很——」

「先生，」瑞佛提說，「沒關係。」

從瑞佛提的表情來看，顯然很有關係。

雷基心想，還是感謝老天，至少事情做完了。

他說，「瑞佛提，都交給你了。」

瑞佛提上車，開上馬里波恩大街。

雷基轉身走向他的捷豹跑車。他看到可憐的侍者努力清掃殘餘的破箱子和碎玻璃，飯店經理仍從大堂入口全神貫注看著他。

這時雷基停了下來。他注意到一樣東西。

他說，「等一下。」

侍者正要把破掉的紙箱拿去垃圾桶，雷基蹲下來，仔細看。夾在壓扁的箱側之間，可見一張泛黃陳舊的信紙邊緣。

雷基說，「還有一張。」他從紙箱殘骸中拿出信。「好了。」

侍者說，「我眞的很抱歉。」

瑞佛提已經載著其他的箱子離開了。雷基把最後一封信放進公事包——這封信本來擺在中央展示架上，他們布展時蘿拉還唸過內容。

他把公事包鎖進後車廂。

「我眞的很抱歉。」侍者又對雷基說了一次，彷彿他害鐵達尼號沈船。道歉完，他不安地回頭瞥向飯店經理，她依然緊盯著他。

「別緊張，」雷基對他們兩人說，「只是一封信而已。」

雷基上車，開回貝格街。他停好車，左右尋找瑞佛提的蹤影，但沒看到人。他走進多賽特大樓的大堂，搭電梯直接到律師事務所。又解決了一件不急的事。

他覺得他忘了一件小事，但他知道如果很重要，他終究會想起來。

他走進辦公室。不出幾秒，露易絲就出現在門口。

「你出去的時候，溫柏利打電話來。」她從座位跑過來，還有點喘。「他說有急事。」

雷基說，「他每次都說有急事。」

當然，有時候是眞的。

雷基從辦公室回電給他。

溫柏利說，「我們查了肯維島謀殺案現場的指紋。」

不知為何，探長頓了一下。

雷基說，「然後呢？」

「齊佛頓以外，只有另一組指紋，而且到處都是——廁所、廚房、剩下半袋的小漢堡、垃圾桶——無所不在，多得要命。」

「所以你認為對方不只是來約會，還住在那裡。」

「對。」溫柏利說，「我們推測她至少跟他一起住了好幾天。」

「她。」

「對。我們用內政部大型重要查詢系統（HOLMES database）查了指紋，找到配對。我們知道她的身分了，是女生，而且剪報上是她的指紋——沒有別人的。藏在地板下的錫盒不是他的，是她的。」

「我想這算好消息吧。」雷基說，「我覺得比起男跟蹤狂，狂熱的女粉絲我比較放心。」

溫柏利沒有馬上回答。

雷基繼續說，「對吧？」

「我剛說了，希斯，我們查到她的身分，確切知道她是誰。我們知道她很狂熱，但不是粉絲。」

「那就快說啊，溫柏利。她是誰？」

「妲拉・芮妮。」

雷基感到胸口一緊，好一會兒沒說話。

然後他說，「不可能。」

溫柏利說，「事實就是這樣。」

「可是妲拉・芮妮死了！」雷基說，「她從塔橋橋面之間摔下去，去年九月淹死在泰晤士河了！」

「我們都這麼認爲，」溫柏利說，「警方也盡力搜尋她的屍體了。但不是每個跌進泰晤士河的人都會淹死，希斯。妲拉・芮妮還活著，她還逍遙法外，而且她把蘿拉的行程藏在地板下。」

雷基說，「謝謝你，溫柏利。」

「我頗確定是她拿廚房刀捅了跟她同住的漁夫。」溫柏利補上一句，「你應該記得，她知道怎麼用刀。」

雷基掛了電話。

他清楚記得妲拉・芮妮懂得怎麼用廚房刀，她曾拿刀殺了一個人。綁架蘿拉之前，她還犯下更多重罪。

雷基全都記得很清楚。

於是他把露易絲叫進辦公室。

「露易絲，妳知道我跟蘿拉的旅遊行程嗎？」

「嗯，老闆，我知道。每個讀《太陽報》的人都知道。」

「對，沒錯，我們得解決這個問題。我希望妳打幾通電話，稍微更改行程。」

「你要我更改你們的預約？」

「對。」

「改成什麼？」

「改得不一樣，什麼都好。同樣的日期，同樣的最終目的地，但住宿地點不同。」

露易絲朝雷基露出困惑的表情，雷基一臉期待地回望她。

「你是說跟蘿拉訂的飯店不一樣？」露易絲說得一副世界會崩解的樣子。

「對。」

露易絲不安地將重心移至另一腳，回頭瞄了一眼。

她說，「你確定蘿拉會同意？」

雷基說，「露易絲，妳替誰工作？」

「你。」

「那就聽我的話，拿《太陽報》刊的現有行程，改掉蘿拉替我們訂的所有飯店。如果有人有意見，叫他們打給我。還有把路線也改了。」

「可是你們搭火車，選擇很有限——」

「那就別搭火車吧。我們改開車，幫我們安排避開主要的大路。」

「我盡量。」

「還有別讓任何人知道。我希望抵達城堡慶祝訂婚前，沒有人知道我們在哪兒、走哪條路、住在哪裡。」

露易絲還是一臉為難。

雷基說，「怎麼了？」

「老闆，你兩天後就要出門了吧？」

「嗯？所以呢？」

「老闆，你有規劃過長假嗎？」

「露易絲，我根本不記得休過長假。」

「呃，因為這麼臨時不可能找到替代的住宿地點，每個地方都訂滿了。」

雷基用指頭敲敲桌面。

「好吧。」他說，「這樣好了，妳試著聯絡經營馬里波恩大飯店的女經理。他們集團很大，涵蓋整個旅遊業界，從加油站的便利商店到旗艦飯店都有。他們也收購了幾乎各處的地方旅舍，總該擠得出房間。她好像跟蘿拉處得不錯，而且我們拿信替她的小展覽增光，後來又緊急收回來，她可是欠我們一個大人情。打電話給她吧。」

「我會試試看，老闆。」露易絲說，「但得看運氣了，我只希望你的飯店運不錯。」

雷基說，「當然啦。」

12

當天深夜，海倫人在馬里波恩大飯店的頂樓套房。每當她需要在飯店長時間工作，又沒有皇室或更尊貴的貴賓跟她競爭，她就會替自己訂下這個房間。

今晚，倫敦在陽台外閃爍微光，景色美極了。然而美景對她一點幫助也沒有，她在這兒跟在一樓沒有兩樣。

她盯著從中層展覽撤下的二戰照片。

海倫看著照片，試圖回想。

她哥哥和祖父之間向來有種特別的羈絆，她從未體驗過。她知道正是因爲那道羈絆，使得這麼多年後，即使她投注大量心血，哥哥還是整個集團的執行長，而她只是飯店經理。

過去她將祖孫的這道羈絆歸因於哥哥比較年長，或身爲男性。她也猜想過是否因爲她從未習得某種特殊知識。

然而現在再看著照片，她第一次想通了——她和哥哥的差別，在於羈絆產生於那天。照片中，祖父和哥哥臉上可以看到羈絆的痕跡，但那天之前並不存在。

先前不存在這一點必然有意義，而且很重要。她努力回想。

然而電話響了。她接起來，是哥哥打來的。

他們沒有閒聊，他直接發問，她則緊繃地回答。

「大部分。」她對著話筒說，「你也知道，我不能只撤掉一封，留下其他的信，否則大家反而會注意。而且我覺得一扯到信，那個瑞佛提就神經兮兮，所以我請他把信全收回去了。我有瞞著他們，試圖去偷那封信，但最後沒成功啊？重點是，那封信不在牆上了，所以不會再有人看到。我很確定不是貝格街那群人偷走飯店的創始文件，所以他們無法拿去跟信比對簽名。況且結果能多糟？一點公關小災難？我知道祖父一百年前做的事沒有時效，但他早就過世了。他們還能怎麼樣，挖開他的墳，把他腐爛的屍骨放在牢裡展出？」

哥哥說了幾句無禮的話，口氣憤怒。他們成年後，他就鮮少敢這樣對她說話了，但她沒有回以惡言。

「好吧。」她順從地嘆了口氣。「好吧，如果信還在我想的地方，也許還有辦法。我看看能怎麼辦。」

她頓了一下，然後說，「我把照片拿下來了，戰時那張，爸爸過世的時候？公關部有人掛上去展覽。如果仔細看，可以看到一具屍體。不是爸爸，是在場的另一個人。」

他們沉默了一下，接著她說，「實在不適合公開展示這種照片，我就拿下來了。」

我……我一直在看。有件事我……我一直想記起來。」

他回了一句。她說，「呃，沒有。如果我知道我想記得什麼，我就會記得了，不是嗎？可是當年我才五歲，你已經九歲了，所以我想也許你記得——啊，好吧，當我沒說。我說當我沒說了……嗯，我會處理。晚安。」

她掛上電話。

她用雙手拿起照片，又看了好一陣子，彷彿靠手的力量，就能從黑白畫面中叫出什麼來。

最後她將照片正面朝下放在桌上。

她懶得走到陽台欣賞天際線，一秒都不想。她無法解釋揮之不去的煩憂，連美景都沒有幫助。

她只是拉起窗簾，關了燈。

13

R68號公車在倫敦靠近托特丘街的百老匯公車站靠邊，一名年約二十五歲的女子下車，踏上潮濕的人行道。外頭下著雨，她沒有帶傘。

自從她從邱區的國家檔案館上車，一名與她年齡相仿的年輕男子就坐在她後面，觀察她的後頸，趁她偶爾挪動左臂時，偷瞄她的內衣肩帶。

這週他第三次看她從那一站上車了。過去一小時在車上，他一直思索該怎麼跟她搭話最好。他想他可以先問她到檔案館查什麼——他頗確定大家都是去那兒查資料、做研究什麼的。

不過今天她的動作出乎預料。先前她總是一路搭到馬里波恩區，今天卻提早幾站就下車了。

他只得趕快行動。雖然他的站還沒到，但他直覺感到這是他最後也最好的機會了。

他跟著她下車，撐開他的大傘，流暢有力地一把舉起，挪到她頭上，好像要保護她，彷彿他們是長年的旅伴，非常親密。

「如果妳願意，我們可以一起撐。」他跟上她意外迅速的步伐，愉悅地說，「妳可不想生病死掉。」

就在那一刻，上天似乎聽見他的渴望，雨勢突然變大了。現在她難以拒絕了，冰冷的雨水開始順著她的黑髮涓涓流下，她只能答應。接著他就能邀她去喝咖啡，躲進溫暖乾燥的室內。

當她轉頭看他，他見到這輩子看過最亮的翠綠眼睛。他第一次看到她上公車時，還以爲自己看錯了，一定是光線造成的錯覺——然而不是，那雙眼睛是眞的。

她說，「老兄，少猴急了。」然後把雨傘推開。

即使下著大雨，她仍快步沿街走開。年輕男子雖然爲了搭訕浪費了公車錢，卻也算有自知之明，沒有追上去。

年輕女子走到下一條街的計程車招呼站，搭上隊伍前頭的古典計程車。

司機說，「去哪兒？」

她坐下，深深嘆了一口氣，彷彿剛回到安全的家。

「我好喜歡這種車。」她舒舒服服坐在寬敞的後座，「我甚至喜歡這種味道。」

「小姐，我可不敢居功。」

「我想這樣很好呀。」

「只是空氣清淨劑而已。」

「我也很佩服你們司機都知道要去哪裡。」

「小姐妳呢？我是說，妳知道妳要去哪裡嗎？」

「有時候。但通常每天我都會經由各種方式，發現前一天我自以爲知道的事其實錯了，過去幾個月尤其明顯。我想以前我很有自信，但我不太記得那段時光了。你也會這樣嗎？」

「好像不會。」司機說，「不過我剛才是問，妳知道現在妳要去哪裡嗎？」

「啊，」女子說，「對。我要去蘇格蘭場。我希望你知道路，我是路癡。」

「沒問題，小姐。」司機說，「我知道路，我也相信妳是路癡，因爲再開兩條街就到蘇格蘭場了。不過現在下雨，我就載妳去吧，不收妳錢。」

14

雨勢逐漸減弱，又在傍晚復仇似的下了起來。這時雷基・希斯又接到溫柏利探長的電話。

雷基聽完溫柏利的話，不用探長提醒他是急事，就急忙在傾盆大雨中開車去蘇格蘭場。

他找不到室內的訪客車位，只得被迫停在戶外停車場。他涉水走過轉動的「新蘇格蘭場」標誌，來到大門口，甩掉雨傘上的水。

一名警官護送他上二樓，來到審問室的觀察區。

溫柏利早在裡頭等他。他朝雷基點點頭，指向玻璃另一側獨自坐在房內的人。

雷基順著他的手看去，眨眨眼，試圖消化眼前的畫面，又看了一次。他瞪大眼睛，胸口不自覺緊縮。

雷基低聲說，「老天哪。」

「是她。」溫柏利點頭承認，「妲拉・芮妮，至少她說她是。我們在確認她的指紋，但我覺得看起來就像她。你認爲呢？」

雷基遲疑了一下才回答。他其實一點都不懷疑，但他就是不想相信。他盯著單面鏡，這時她彷彿知道他在看，便朝玻璃轉過頭，直直看了過來。

仍是那雙雷基見過最驚人的翠綠雙眼。

雷基說，「是她沒錯。」

「我就想說你認得出來。」溫柏利說，「我認為當時你比我更近距離看到她。」

他指的是六個月前的事。雷基想要強調，其實不如某些人的暗示，當時他們的距離沒那麼近，但他沒說。沒必要管《太陽報》暗藏的謊言。

雷基說，「你們怎麼逮到她的？」

「不是我們，她今天早上自願進來的。」

「她有說過去六個月在哪兒嗎？」

「有，跟慘遭謀殺的漁夫一塊兒住在肯維島。當然，他給人殺掉的時候除外，她說事發當下她不在場，回家後發現他死了，一怕就逃走了。」

雷基盯著單面鏡好一會兒，看著獨自坐在堅硬塑膠桌前的嬌小年輕女子。

她又透過玻璃直直回望雷基。

臉上滿溢天真無邪的神情。

雷基低聲說，「別放她出來。」

溫柏利說，「我們沒這打算。」

「保釋聽證會是什麼時候？」

「三天後。」

「我和蘿拉已經出城了。」

「沒關係。」溫柏利說，「古典計程車謀殺案之外，如果再加上漁夫之死，倫敦沒有哪位法官會讓她保釋。不過等到開庭，我認爲你和藍欽小姐都需要出庭作證，說明你們對古典計程車事件的了解。」

「到時候我們早就回來了。」雷基說，「我預祝檢方馬到成功。妲拉．芮妮淹死在泰晤士河，或妲拉．芮妮終身監禁，兩者我都能接受。」

雷基轉身準備離開。

「等一下，」溫柏利說，「還有一件事。」

雷基在門口停下來。

溫柏利說，「她想跟你說話。」

「什麼？」

「芮妮說我們想問什麼，她都會全盤托出，但她想先跟你談。」

雷基看向玻璃窗。妲拉．芮妮這次沒有回望了，她只是一臉期待地坐著，彷彿不過是來面試工作。

雷基說，「跟我談幹什麼？」

「她不肯說。」

「如果我不想跟她談呢？」

妲拉・芮妮看起來好像隨時可能吹起口哨，用腳拍打節奏。

「你有權利拒絕。」溫柏利說，「但我覺得跟她談談對我們有幫助。希斯，她宣稱改過自新了。講到跌進泰晤士河前的生活，她說有些事她記得，但其他都忘了。她形同保證會承認她記得的部分，但只肯對你說。」

「為什麼？」

溫柏利聳聳肩。

雷基稍微想了一下，然後說，「有詐。」

溫柏利說，「怎麼說？」

「我不知道，但只要是妲拉・芮妮的要求，肯定都有鬼。也許她想排除我的證人資格。」

「你不是那麼重要的證人。況且如果你讓她自白，我們根本不需要你作證，蘿拉也不用。」

雷基考慮了一下。假如他和蘿拉都不用再跟妲拉・芮妮扯上關係，也許是件好事。

可是——一定還有詐。

雷基說，「你有提醒她，她在房裡說的每句話都有錄音嗎？」

「當然，所有的警告都宣讀過了。」

「你知道她有服藥控制精神分裂症吧？你有問她有沒有吃藥嗎？」

「有關係嗎？」

「如果她停藥了，也許就有鬼。她會宣稱她並非自願自白，因爲她沒有吃藥，無法明確同意自己的行爲。我不覺得有人試過這個藉口，但我認爲她做得出來。」

「呃，不過她有吃藥喔。我們也找了國民保健署的心理健康專家，判定她有行爲能力。不管她掉進河裡時多秀逗，他們的初步評斷都說現在她神智完全健全，能確切掌握現實。我跟皇家檢察署確認過了，蘭登說沒有問題。希斯，別再找藉口了，進去跟她談談吧。她又不會咬人——大概啦——你就能了結一件事。」

總還有別的理由能反駁吧，可是雷基想不到。

「好吧。」他終於說，「可是如果她看我一眼，我就變成石頭，你得負責把我冰冷的屍首寄回去給蘿拉。」

溫柏利點點頭。「假如眞發生這種事，蘇格蘭場很樂意出運費，多少錢都沒問題。」

15

警官打開審問室的門，讓雷基進去。

房間刻意小心保持空曠，牆面漆成制式的中性淡綠色，裡頭有一張沉重的塑膠桌，一側擺著受審人的椅子，另一側則放了兩張椅子——一張給審問人，另一張給通常需要在場的第三方。然而今天沒有別人了，因爲蘇格蘭場同意了她的條件。

警官離開，留下雷基在魚缸般的房內，跟妲拉·芮妮獨處。

她抬頭直直看著雷基。

雷基不想盯著她瞧，但又知道不能讓她以爲他在躲避她的視線。於是他看了回去。眼前的女子有妲拉·芮妮的臉，但感覺不一樣。過去他認識的那個女生表情沉著克制，彷彿固執地藏著秘密，雖然當時他沒注意到。

現在她的表情沉著又放鬆。當然她八成是裝出來的，她一定越來越厲害了。

上次雷基跟妲拉·芮妮說話時，她錯信他是夏洛克·福爾摩斯，而她失散已久的祖先是小說裡的反派，名叫詹姆士·莫里亞提。她用古典計程車綁架蘿拉之前，對雷基這麼說：「我要奪走你最珍愛的東西。」

現在雷基只有一個目標，就是確保她再也無法兌現她的威脅。

雷基拉出其中一張硬椅子，隔著桌子面對她坐下。

他說，「妳知道我的名字嗎？」

「當然，我指名要見你。」

她邊說邊微微一笑。

雷基動也不動。他說，「那告訴我，妳認爲我是誰。」

「你是御用大律師雷基・希斯。」

「好。」雷基說，「所以妳不再相信我是夏洛克・福爾摩斯了？」

女子說，「對。」

雷基說，「妳以前可信了。」

「我聽說了，但我不再精神錯亂了。」

雷基問道，「那麼妳知道妳自己是誰嗎？」

「你是問我多了解自己，還是我的身分？」

雷基說，「先從後者講起吧。」

她開口要回答，卻停下來。她說，「我已經跟心理健康專家談過類似的話題了，跟你講也只是重複一遍。」

雷基點頭說，「我還是想聽。」

「好吧。我在國家檔案館和其他地方做了不少研究。雖然還有一部分不確定，但至少就我在家族譜系中的位置，我可以告訴你我是誰。我的名字是妲拉・芮妮，二十五歲，一九七三年生。我的父母是唐娜・芮妮和約翰・芮妮，兩年前雙雙因車禍過世。我母親是美國公民，一九六二年來到倫敦，認識我父親，與他結婚，冠了夫姓並取得公民權。我母親的舊姓是莫里亞提。她的祖父是美國人，名叫詹姆士・莫里亞提二世，他在二戰期間隨美軍來到倫敦，死於德軍的V2炸彈攻擊。他的父親是詹姆士・莫里亞提，也是美國人，曾在倫敦待過一段時間，死於一八九三年。」

「那麼，」雷基非常小心又清楚地說，「第一位詹姆士・莫里亞提怎麼死的？」

妲拉・芮妮嘆了口氣，低頭看著桌子一會兒，似乎想要冷靜下來。她抬起頭，直接堅定地看著雷基，然後飛快吐出一串話，宛如在讀合約前文：「你想問我是否仍相信我的太祖父是虛構的詹姆士・莫里亞提，是否相信他在眞正的一個世紀前，於眞正的雷清貝瀑布，跟虛構的夏洛克・福爾摩斯因爲虛構的扭打而死。我的答案是不。我的太祖父確實叫詹姆士・莫里亞提，但他不是在雷清貝瀑布遭到夏洛克・福爾摩斯殺害。你也不是夏洛克・福爾摩斯，不管他是虛構與否。我很清楚掌握現實了，你可以問每個檢查過我的人，我不再精神錯亂了。」

比起雷基的預期，她的話直白又命中要點，以至於他花了一會兒才消化。

他說，「那妳找我做什麼？」

妲拉在椅子上稍微扭動，先是低頭瞥向桌面，又看著旁邊，最後視線回到桌上好一會兒。然後她嘆了口氣，抬頭直直看著雷基。

「我只是想說我很抱歉。」

他沒料到這招。一般罪犯遭到定罪準備判刑時，深知除了假裝沒有其他選擇，才會宣稱悔改。可是妲拉．芮妮根本還沒出庭。

而且她不是一般人。

雷基說，「妳為什麼要道歉？」

「因為我造成你和蘿拉．藍欽的困擾。」

「困擾而已？原來妳這麼想？」

「我沒有輕描淡寫的意思。」

「妳覺得是哪種困擾？確切來說？別忘了，妳說的話都有錄音。」

妲拉瞥向身後的單面鏡，又回頭看著雷基。

「當然。」她說，「我很清楚我做了什麼，我也告訴溫柏利探長了，我會承認所有的罪行。」

雷基只是盯著她，等她追加認罪的條件，但她什麼也沒說。

「好吧。」雷基終於吐出憋著的一口氣。「我們談完了，非常謝謝妳。」

那句「謝謝妳」只是他的慣性禮數，要是能把話收回來，他也很想。他站起身。

她說，「等一下。」

雷基停下來。

「我需要律師，」她說，「我希望你推薦一名初級律師給我。等我的案子開庭，我希望你替我辯護。」

雷基說，「老天，妳怎麼會想找我？」

「因爲沒有律師比你優秀，」她說，「而且如果你同意，就表示你接受我的道歉了。」

「我可沒說我接受，」雷基說，「妳做過、想做的那些事，光靠道歉還不夠彌補。但重點是，即使我願意，我也不能替妳辯護。六個月前妳殺害計程車司機的案子，我是重要目擊證人。當時警方還指控人是我殺的，因爲妳誣陷我。還是妳忘了？」

「我確實忘了，但只有一陣子，現在我都記得了。而且我不是要你替那些案子辯護。」

「不然妳在講什麼？」

「你知道肯維島有一名私家漁夫死了嗎？齊佛頓先生？」

雷基的胸口一緊，脈搏微微加快。他一直小心避開這個話題。他確實想知道她在肯維島做什麼，但他希望妲拉・芮妮主動坦白，不是由他起頭。這不只是法理上的策略，還是他的直覺，他希望妲拉・芮妮盡可能離他和蘿拉越遠越好。

雷基非常小心地說，「嗯，我聽說了。」

「警方指控我殺了他。」

「我知道，凶刀上有妳的指紋。」

「我在廚房用過那把刀。」

「看來是啊。」

「我是說用來準備吃的。」

雷基直直看著她說：

「妳的指紋還出現在一張蘿拉‧藍欽下週旅遊行程的小報上，就藏在妳住的房間。請解釋給我聽。」

她居然變得坐立不安，很不像她。

然後她說：

「剛從河裡獲救時，我不知道我是誰。齊佛頓先生知道，但他不告訴我。每次開始播新聞，他就關掉電視，他也從來不讓我看報紙的某幾版，所以我知道新聞裡一定有關於我的消息。我開始詳細閱讀他願意帶進家裡的東西。有天我看到你和蘿拉‧藍欽的那篇報導，才開始恢復記憶，想起我做了什麼。我開始追查我是誰，我的家族淵源。有些部分我依然只能推測，有些我想證明卻沒有辦法——至少現在還不行。但那篇報導讓我想起我是誰，以及我犯下的罪，所以我才把剪報留下來。」

雷基考慮了她的說法，覺得大半不可信。他說，「即使律師公會同意，我也不會替妳辯護。」

「爲什麼？」

「拜託，妳企圖開車載我心愛的女人衝下倫敦塔橋耶！」

她點頭。

「我知道，」她說，「我不會否認。我現在記得精神錯亂時做的每一件事——雖然我不記得當時內心的實感，不記得動手當下的感受，甚至不確定爲何我自認可以做那些事。但我做過那些事的事實？嗯，我記得，我不會否認。不過我又開始吃藥，現在好多了。」

雷基坐下來，隔桌盯著她，試圖判斷她想做什麼。

他說，「好樣的，妳準備用精神失常辯護。」

「不，」她說，「現在不會了。」

「什麼？」

「我眞心告訴你，我不再相信你是夏洛克．福爾摩斯，也不信我是虛構角色莫里亞提教授的後代。那個我已經不在了。」

「那妳就會宣稱暫時精神失常。」雷基說，「我可不信。就算妳剛才說的都是實話，也只代表妳不再精神錯亂了。根據我的經驗，精神錯亂時願意做的事，即使完全掌握了現實也做得出來。妳看待現實的觀點可能變了，但我不相信道德選擇會變。妳精神錯亂時預謀殺人，即使恢復神智正常，現實生活中再碰到類似的情況，妳也會做出類似的決定。妳會再殺人，所以我不要替妳辯護。」

妲拉．芮妮稍微清清喉嚨，環視房間，低頭看著桌子。她抬頭看向雷基，又馬上低頭。

「提醒我，」她說，「再跟我說一次，我做了什麼？」

雷基開始重述她的犯罪史：

「妳的古典計程車計畫害死兩名美國遊客。」

她說，「他們不該死的。」但她立刻補上一句，「我知道是我的錯。」

「然後妳殺了同夥的計程車司機。妳跟他喝了一杯酒，接著拿廚房刀捅他。」

「對，他想要勒索我。」

「妳也是殺害第二名司機的從犯。」

「對，因爲他做的好事。他不應該殺那兩名美國遊客。」

「也就是說，他沒有遵照指示，所以妳看他不順眼。」

她嘆了口氣，撇開眼，再回望雷基：

「你要這麼說也可以。」她說，「我也不否認這件事。」

「老天保佑，希望妳別又看人不順眼。」雷基站起來，低頭看著她說，「我聽完妳的自白了。」

她回答，「我知道。」

「我相信妳能找到初級律師，願意聽妳指示幫妳答辯，但我不願意。假如英國的法律體系還有正義可言，妳的計畫也不會成功。」

妲拉．芮妮說，「拜託，救救我。」

她的聲音帶著雷基從未聽過的語氣。他回過頭。

她抬頭看著他說：

「我差點在河裡淹死，又花了好幾個月無所事事，只思考我過去的行爲，以及所代表的意義。」

雷基說，「講重點。」

「你曾經回想過很久以前做的事嗎？心想當初怎麼會如此無知，做出這種事，沒有考慮對他人造成的影響？而現在你知道後，再也不會犯同樣的錯？」

「有。」雷基說，「但我們談的不是我因爲害怕而在青少年晚會放我的第一個女伴鴿子，妳犯的罪完全在另一個層次。妳宣稱不再精神錯亂，也許沒錯，但我不知道妳會不會又停藥。妳也宣稱經歷了改變人生的巨變，眞心悔改了。我無法評斷，但如果要考驗妳的誠意，首先妳必須爲妳的作爲負責，接受妳造成的後果。」

她點頭。

「我知道。」她說，「我全都承認，我不會用精神失常或能力減損來辯護。判刑時我不會找藉口，不會請證人，只會答辯有罪，欣然接受刑責，因爲我很清楚法官不管如何裁定，我都罪有應得。」

雷基愣了一下。

「喔，」他說，「好吧，妳知道就好。但我還是不能替妳辯護。」

該重新拉開他們的距離了。他再次轉身，走向門口。

她說，「人不是我殺的。」

「我不在乎。」

「我沒有殺那名漁夫。」她說，「我犯了其他的罪，也願意接受懲罰，我知道我不會無罪開釋。但我沒有殺那名漁夫。我知道他想做什麼，如果他做了，也許我會動手，但他沒有，所以我也沒有。」

雷基搖搖頭。「我還是不能幫妳，妳得找別人。」

雷基走出審問室，在身後關上門。他回到觀察區，溫柏利和皇家檢察署的官員一直在這兒旁觀。

雷基走向他們。他們隔著單面鏡，看警官走進去，護送沉默的妲拉．芮妮離開審問室。

「做得好。」溫柏利說，「她承認了她犯的每個案子。我們全都錄下來，事前也都依法宣讀了警告。我就知道叫你來不是沒有原因。」

「小心點。」雷基說，「她承認了古典計程車案，但你已經有證據足以定罪了，她一定知道沒必要否認。雖然她保證判刑時會答辯有罪，但她的話沒有法律效應，而且她完全不承認跟肯維島的漁夫有關。」

「等鑑識科處理完，這個案子她也躲不掉了。她唯一的機會是宣稱自衛，但她剛坦承他沒有攻擊她，所以這起謀殺也算她的了。」

「你們要怎麼做都好，」雷基說，「別再放妲拉・芮妮逍遙法外了。」

16

雷基回到貝格街的事務所。他和蘿拉約傍晚吃晚餐，現在他已經遲到了，而且還沒有時間思考怎麼告訴她剛才在蘇格蘭場發生的事。

他走進事務所，看到她坐在辦公桌旁——不錯。不過他仔細端詳她的表情——馬上就知道他搞砸了。

而且不是因爲晚餐遲到，這蘿拉早就習慣了。她已經從冰箱拿出昨天在飯店拿的那袋迷你漢堡，打開放在他桌上。

蘿拉說，「我以爲我們說好了。」

雷基說，「是啊。」接著他問，「說好什麼？」

蘿拉說，「露易絲剛把這個給我。」她站起來，手裡拿著一張紙。「據說這是我們新的旅遊行程。」

雷基說，「啊啊，對。」他都忘了這件事，在蘇格蘭場親眼看到妲拉．芮妮實在太震驚，直接把這件事擠出腦海。「我請露易絲看看能不能做點調整，不過我確定沒什麼大改。」

「雷基，我訂了一趟舒適悠閒的火車之旅，優遊康瓦爾郡。」蘿拉說，「我們會住在雅致民宿的頂樓套房，俯瞰花園、小湖和蘋果園。」

雷基說，「對。」他開始擔心了。

「你要我們開小路穿過達特穆爾國家公園，途中住在馬里波恩好眠客棧。客棧前身是便利商店和加油站，現在有四間十四平方公尺的小巧客房，我們訂到其中一間空房，最靠近高速公路交流道。我想也算方便吧，畢竟我們現在要開車，不是搭火車輕鬆搖擺前進。」

「對。呃，我跟妳說——妳怎麼知道我們的房間最接近高速公路交流道？」

「因爲我會想到要問，所以我的飯店運才會好，你的才會不好。我都提早計劃，再問清楚。」

雷基說，「對。」他向來知道蘿拉習慣詳細規劃，他不確定他是因此喜歡她，還是即便如此也喜歡她。他也不否認，這個習慣有時挺管用——但無論如何，現在都害他非常難堪。

「對。」他又說了一次，「但我有理由能解釋。」

「解釋爲什麼訂靠近交流道的房間？」

「不是，我是說我有理由請露易絲更改預定行程。」

「對，我知道，犯罪現場找到我們行程的剪報。可是我們討論過了，根本不用擔心，我們也同意維持原定計畫。」

「對。」雷基說，「但是那時候我們還不知道剪報是誰的。」

「喔，好吧。」蘿拉說，「那我問你，剪報是誰的？」

雷基遲疑了一下才說：

「妲拉・芮妮。」

蘿拉直盯著雷基好一會兒。

她說，「那個女生死了。」

「沒有。」雷基說，「她從橋上摔下去，可是沒有死，她還活著。」

蘿拉坐下來。

「什麼時候發現的？」

「蘇格蘭場在房子各處都找到她的指紋——廁所、廚房餐具、速食包裝紙……以及我們行程的剪報上。所以我請露易絲更改行程，還找專家幫忙——馬里波恩大飯店的經理。她動用關係，讓我們臨時還訂得到房間。」

蘿拉思索一陣子。

「好吧。」她終於點頭說，「爲了躲避對我未婚夫執迷不悟的邪惡二十五歲女生，我願意住在好眠客棧。」

「我想重點是她試圖載妳衝下塔橋，跌進泰晤士河吧。」

「嗯，沒錯。但她是對你執迷不悟，雷基，不是我。如果她沒打算把你吃乾抹淨，我就不會出事了。光看她伸出爪子，我就知道她是競爭對手，或至少有這打算。好險我很有自信，否則我就會擔心她打電話來，約你喝酒打一炮了。」

雷基努力不要承認妲拉・芮妮形同打來找過他了。

「那妳聽了應該很高興，蘇格蘭場現在拘留她了。」於是他說，「而且罪名嚴重多了，可不是想把我吃乾抹淨。」

「警方逮捕她了？」

「為了漁夫之死，還有她跳進河裡游泳前做的每件事。」

「喔，這倒是好消息。蘇格蘭場確定沒抓錯人？」

「是她沒錯，我親眼看過了。」

「你是說她眞的打電話給你？」

雷基結巴了一會兒，才穩住聲音：

「沒有。」他說，「她沒有打給我。呃……嚴格來講沒有，是蘇格蘭場打給我。」

蘿拉消化他說的話。

「啊，好吧。」她說，「不知道為什麼，但我總覺得如果妲拉・芮妮能從陰沉的河底游上來，她做的第一件事就是找你。」

「呃。」雷基說，「她……其實請溫柏利聯絡我。」

「我就知道！」蘿拉竟然從椅子上跳起來。

「她只是希望我擔任她的律師。」

「最好是啦，這是她慣用的台詞嗎？」

「我當然拒絕了。」雷基馬上說，「我還說服她自白，坦承一切罪行。但她否認殺害肯維島的漁夫，天知道有什麼好處。」

「我們確定這次指控的罪名能成立嗎？」

「凶器上有她的指紋，拿廚房刀捅難纏但沒有疑心的男人也是她慣用的手法。」

「可是爲什麼，」蘿拉說，「妲拉．芮妮會承認古典計程車案的各種殘忍行徑，卻否認殺害肯維島的漁夫？」

雷基說，「我不知道。」

「也許最後這件事不是她做的？」

雷基刻意聳聳肩，坐回位子上說，「反正不干我們的事。」

蘿拉說，「說的也是。」

「她宣稱有不在場證明。」雷基說，「她說案發時間，她其實在馬里波恩大飯店，可是她沒有證據。飯店有監視攝影機，飯店保全也把影像交給蘇格蘭場了，但警方在錄影中找不到她。當然系統不完美，有些死角，可是即使——」

「她去飯店做什麼？」

「她說她去參觀展覽。」

蘿拉說，「或跟蹤我們。」

「她不可能知道我們在那兒，所以就算她在飯店，也是為了別的原因。但我說過了，沒有證據顯示案發當時她人在那裡。」

蘿拉說，「哼嗯。」她重新坐下，然後說：

「好吧。對我們的旅程來說，這反而是好事。如果妲拉·芮妮把我們的行程表藏在地板下，現在既然警方拘留她了，我們就不用擔心狂熱跟蹤狂出沒，可以改回我原先訂的行程。」

雷基點點頭。「我請露易絲取消馬里波恩大飯店經理幫忙訂的行程。」

蘿拉說，「我們來慶祝吧。」她打開迷你漢堡的袋子，拿出一個，剝起鮮豔的紅白色包裝紙。

雷基盯著她。

「幹嘛？」蘿拉說，「我看過你吃更糟糕的食物。拜託，我們是英國人耶。到了阿姨的城堡後，你就等得瞧吧，那種肉料理才會害你腸胃打結。」

「我不是看妳吃的東西。」雷基說，「我在回想在哪兒看過這種包裝紙。」

「當然是在飯店啊。」蘿拉說，「我就在那兒拿的。這種包裝紙只用在展覽的展品，我從來沒在別的地方看過。」

「對。」雷基說，「可是我有，就在肯維島的犯罪現場。」

蘿拉放下漢堡，看看包裝紙，又看向雷基。

「漁夫死者家的漢堡包裝紙是這款？」

雷基說，「對。」

「漢堡包裝紙上有妲拉．芮尼的指紋？」

「對。」

蘿拉放下漢堡，嘆了口氣，把漢堡包裝紙放回袋子，又把整袋漢堡放回桌上。她盯著袋子看了一會兒，然後說：

「你知道這代表什麼嗎？」

雷基不算眞心地說，「不知道。」其實他也猜到可能的答案了，但他不願意去想。

蘿拉還是直接說破了：

她說，「鑑識科知道可憐漁夫的死亡時間嗎？」

雷基點頭。「傍晚六點發現屍體，鑑識科推斷死亡時間是一到兩小時前。」

蘿拉想了一下，然後說：

「妲拉．芮妮不可能下手吧？」

「爲什麼？」

「這些包裝獨特的小漢堡下午四點才在飯店展覽開賣，就在我們抵達的時候，之前哪兒都買不到——你看，包裝紙上還印了日期。可是從馬里波恩區到肯維島的盡頭幾乎要一個半小時。如果死亡時間是四點到五點，兇手就不可能是妲拉・芮妮，因爲那時候她還在從飯店回去的路上，至少要五點半才會到家。」

「嗯嗯。」雷基說，「她開車技術爛透了，搭公車又更花時間，顯然不可能更早到了。可是如果她在飯店，我們怎麼沒看到她？」

「也許我們在展覽廳掛信的時候錯過她了。」蘿拉說，「假如你有白板，我可以畫給你看，我知道你對動線不太在行。」

「沒關係，我懂了。不過如果漁夫死後她才帶漢堡回家，她一定看到了屍體。」

「也許她確實看到屍體——然後逃跑了？」

雷基說，「她是這麼說沒錯。」他清清喉嚨，靠著椅背陷入沉思。

「妳知道嗎？」他說，「妳等於暗示鑑識證據支持妲拉・芮妮的不在場證明。」

「我覺得問題不在於我的暗示，而是證據就在我們眼前。」

雷基說，「妳打算怎麼做？」

「盡我該盡的義務。」蘿拉說，「我們沒有選擇吧？」

「人永遠都有選擇。」雷基說，「我們可以保持沉默。到頭來，她就會因爲漁夫和其他人的死遭到定罪。」

「嗯，沒錯。可是她就會背負一樁我們知道她沒犯的罪。」

「也是。」雷基說，「但別忘了她確實犯過的罪，還有她先前想怎麼對付妳。也別忘了，現在我拒絕出庭替她辯護，她可能更氣了。」

「你說這些其實都不重要吧？」蘿拉說，「如果我們能證明這次她是清白的，不管她做過多少壞事，我們都必須說出來，不是嗎？」

雷基沒有回答。他知道正確答案，他知道該怎麼做。他只是不想做而已。

「我不喜歡冒這個險。」他說，「她可能獲釋，又傷害……別人。」

「好吧，你認爲她會找上誰——」

蘿拉停下來，仔細盯著雷基。他拼命想躲開她的視線。

蘿拉看懂了。

「打電話吧。」她說，「別把這件事賴在我頭上。」

雷基點點頭，拿起電話，準備打給蘇格蘭場的溫柏利探長。但他還沒打通，蘿拉就伸手撫上他的手臂。

「他們不會放她走吧？」她說，「就因爲她沒做這件事？他們會拿其他的案子拘留她吧？」

「這個嘛，」雷基說，「他們當然會拿其他罪名起訴她。」

「很好。」蘿拉說，「她不會保釋出獄吧？」

雷基遲疑了一下。

蘿拉再問一次，「她不會保釋出獄吧？」

「不會。」雷基說，「呃……不太可能，她的罪名太重了。而且法官如果判定被告對自身或他人造成危險，都可以拒絕保釋。」

蘿拉說，「很好。」

「可是我在警局跟她說話的時候，她感覺——怎麼講——挺清醒的，毫不錯亂，甚至很講理。感覺……很有說服力。」

「你是說她可能獲釋嗎？」

「不，當然不會。如果衛生研究院的心理健康專家、皇家法院的法官和皇家檢察署的檢察官都把工作做好，就不會放她出來。」

蘿拉心想，這些機構的員工大多都是男人，對上妲拉・芮妮到底工作能做得多好。

然後她說：

「喔，管他的。無論如何，我們都要告訴溫柏利她有不在場證明，就這樣。快打電話吧。以防萬一，我們就用改過的行程好了。我要回家打包行李了，免得我改變心意。」

雷基打了電話。

17

週六早晨，空氣清新乾淨。雷基在切爾西區的蘿拉家門前，最後一次看進捷豹跑車的後車廂。就他來看，旅途所需的行囊都塞進去了。

這台車注重空氣動力又完全不實用，沒有多少儲物空間。雷基意識到隨著他的人生境遇改變，也許很快就需要更換日常交通工具了。

不過現在他們只能屈就現況：蘿拉的大行李箱盡可能推到後車廂底端，但說穿了也沒多裡頭。蘿拉的中行李箱勉強擠在大行李箱和尾燈配線之間。雷基的旅行包則壓扁卡在其他行李上方。

蘿拉的日用小包塞在副駕駛座後面，唯一剩下的就是雷基的公事包。

雷基記得開庭時間改到了週二。他先在駕駛座坐下，將公事包擺在大腿上打開，確定該帶的資料都帶了，才準備把公事包丟進後車廂。

蘿拉伸手撫上他的手臂。

「你答應我了，旅途中不會讓律師事務所的公事打擾我們一秒。」

「我知道。」雷基說，「這只是一份短短的案件摘要，我碰都不會碰，甚至不會拿出來看，直到旅途結束，我們上車回家。」

「如果你要一邊開車一邊讀訴狀，我可不要搭你的車。」

「當然不是。」雷基說，「我會坐在副駕駛座。」

「你是說我可以沿著達特穆爾彎彎曲曲的鄉間小路，一路開你可愛的XJS跑車回家？」

「對。」

「敞篷遮頂可以放下來？」

「對，只要天候允許。」

「不管你多害怕，只要我控制得來，車速開到多少都可以？」

「對，只要符合當地警方規範。」

「好吧。」蘿拉說，「我同意。」

雷基小心把案件摘要塞進夾層，正要關上公事包，蘿拉又擋住他。

她說，「這是什麼？」

雷基看了一眼。公事包裡有一份陳舊泛黃的文件，不該在裡頭才對。

「喔，可惡。」他說，「我都忘了。我們從飯店把信拿回來的時候，我從路上撿起這一封。我本來打算扔了，但露易絲跟我說，今天早上飯店女經理才打電話來，確認這封信有沒有安全放回檔案櫃。」

「雷基，這是歷史文物，你怎麼可以亂丟，瑞佛提要是知道肯定會爆走。就收在公事包裡吧，我們回來再放回去。」

雷基說，「好吧。」他闔上公事包，下車塞進後車廂。他關了後車廂蓋兩次，確定眞的鎖上。他們準備好了。

雷基坐進駕駛座。

蘿拉說，「我就說裝得下。」

雷基說，「妳說的沒錯。」

捷豹跑車一次就發動，載著他們上路。

18

邁納醫生在衛生研究院的罪犯評估廂房，端詳眼前的腦部造影圖。他在研究院任職二十年，沒見過這麼受人注目的案子。

牆上貼著兩組影像：一組是兩年前照的，當時年輕女子首次診斷出精神分裂症。另一組是過去幾天照的，距離她從倫敦塔橋跌落泰晤士河的慘劇已經六個月。

依照規定，腦部造影不得用作行為狀態的最終診斷，當然更不能用於判刑。但她的前一位醫生為了排除腦瘤或可見的腦部生理創傷，替她做了腦部造影。這次則是要判斷最近她從塔橋跌落時，有無受到任何傷害。

特定情況下從特定角度看，邁納醫生覺得女子腦部有些區域的血流好像變了。這很重要嗎？他不知道。假如很重要，改變是好還是壞？他知道文獻有記載腦部創傷對受傷後的行爲產生負面影響。

但他從未聽過有案例導致正面影響。

可能嗎？落水的衝擊，或長時間在冰冷河水中幾乎淹死的結果，是否疏通了一條通往重要區域的血管？某塊異常組織是否遭到破壞，使正常區域得以復原並健康成長？

當然，她還在吃藥。但除此之外，年輕女子的頭腦是否經歷了可見、可證實的生理轉變，使她從過去錯亂的思覺失調患者，轉變成現在看似冷靜、鎮定、開朗又完全正常的樣子？假如是，這可是史上第一遭。目前思覺失調症都需要終生治療。

邁納醫生的工作是評估該送她去監獄還是精神病院，不過現在他滿腦子想的都是別的事。

他開始想像以她為例寫的期刊論文，該送去哪裡發表，能得到哪些獎項和認證。他可以上談話節目。他可以坐在歐普拉對面，談論自由意志的本質、善與惡的差異，以及兩者和腦部生理學的關係。光想像就很有趣。

當然，年輕女子的未來也掌握在他手中，他不能忘了。

如果她獲釋，將來她可能碰到的每個人，命運或許也操之在他。

假如她仍患有精神疾病，當年也是因此犯罪，現在她就必須住進病院，接受期限未定的治療，最後一待通常都是一輩子。

可是如果她的病痊癒了，如果能毋庸置疑地證明疾病促使她犯罪，而病徵現已消失，不會復發——那要怎麼處置她都有可能。官方單位沒有人確定該怎麼做，這不只是醫學問題，也成了法律問題。

當然，被告經常宣稱悔改，展現悔意，在拘留期間經歷奇蹟似的轉變，以求減刑的優勢。邁納醫生認為，大多時候他們都在騙人。

可是妲拉・芮妮沒有試圖以暫時精神失常答辯，反而直接承認皇家檢察署的罪名，沒有辯解，沒有請求裁量判刑，什麼都沒有。這很不尋常。

於是邁納醫生設計了一個小實驗，來測試她的心理狀態。

他的辦公室外有一間候診室，跟普通醫生的候診室一樣，有一張鋪著椅墊的長凳和幾張椅子，角落擺著室內盆栽，茶几上放了舊雜誌，偶爾還有幾份算新的日報。

由於邁納博士評估的病人都在拘留中，這間候診室的門有上鎖，也有警衛看守，其中一位在櫃台值勤，必要時還能呼叫其他人。不過除此之外，沒有其他機制阻止下定決心的病人離開。診斷室甚至有一扇通往外界的窗戶，可以看到大樹、敞開的大門和馬路——自由的美景盡在眼前。

妲拉・芮妮來的第一天，邁納醫生就暗中引誘她逃跑。他先叫警衛躲在走廊盡頭站崗，接著他離開診斷室到走廊上，明顯沒有鎖門。他回到隔壁房間，透過單面鏡觀察妲拉會怎麼做。

他看到她轉頭看著門，又轉向窗戶，看樹在微風中搖擺，接著視線又回到沒有上鎖的門。

她繼續坐著，在原地動也不動。

隔天他改變做法，但她仍忽視逃跑的機會。

今天他要測試最後一次。

現在她在房內，閱讀今天的《太陽報》。他要走進去，告訴她今天是評估的最後一天。他已經完成所有可做的測試和觀察，依他的專業判斷，她的神智非常清晰，而且可能向來都沒問題（雖然這是謊話）。他會將結果通知矯正主管機關。

他知道她很清楚這番話的意思。離開精神分析機構後，她將前往布羅德莫精神病院，開始服非常長的刑期。

很難想像這名年輕女子是殺人犯，不過以防萬一，邁納醫生仍確保候診室和他的辦公室可見之處都沒有尖銳或有尖角的物體。即便如此，他還是很難想像。

不過她能用眼神殺人嗎？搞不好可以。或者應該說，男人看進那雙碧綠雙眼，以為從她身上有利可圖時，就會自取滅亡。

邁納醫生不會這麼想。他結婚三十五年，毫不介意自己過重又禿頭，也早就放棄幻想在公司外遇。他知道年輕女生怎麼看他——或應該說怎麼忽視他。他不會再受這種誘惑矇騙了。

但他倒是很想上歐普拉的脫口秀。

邁納醫生從牆上收下腦部造影圖，跟其他研究發現一起收進案例資料夾。

他打開候診室的門，往內看。

接著他驚慌地從候診室衝到走廊。

妲拉・芮妮不見了。

邁納醫生跑到後門往外看，但沒看到人影。

他跑回櫃台。值勤的警衛發出警訊，跟他一起朝大門跑去。沒有用，大門警衛沒看到任何人。他一面說，一面急忙把午餐和報紙體育版塞到椅子下。

警衛打電話給蘇格蘭場，通知警方。

邁納醫生拖著沉重的腳步走回候診室。

茶几上擺著今天的《太陽報》，翻到名人八卦版。

醫生太灰心喪志，根本沒心情看。他成名的夢想迅速灰飛煙滅了。他不但上不了歐普拉的脫口秀，更可能因爲讓殺人犯逃跑，遭到媒體大肆撻伐。

他走進辦公室，在身後關上門。他在辦公桌坐下，雙手捧著頭，等蘇格蘭場來電，粉碎他輝煌的夢想。

好幾分鐘過去了。

這時邁納醫生聽到隔壁房間傳來聲音。辦公室另一側的儲藏室裡有東西相撞。

他把頭從手裡抬起來。

可能嗎？妲拉·芮妮回來了嗎？

儲藏室向來鎖著，他在走廊上找人時也鎖著。不過鎖並不牢固，她可以撬開門躲進去，從裡頭上鎖。

邁納醫生又想到，她也可能躲在外頭，再回到儲藏室。病患到院時穿的衣服和可以攜帶的少許個人物品都在裡頭。

邁納醫生走出辦公室，來到走廊。他試試儲藏室的門閂，果然還是鎖著。

也許他幻聽了，可能只是他一廂情願。

不過他有鑰匙，於是他拿出來，打開門鎖，推開門。

房內非常安靜，一片漆黑。

他走進去，尋找燈光開關。

可惜他找到的時候慢了一秒。

19

雷基和蘿拉開上M5高速公路離開倫敦，路開起來跟英國每條高速公路一樣現代化又擁擠。

二十分鐘後，他們轉上較小的M30高速公路。行車兩小時後，他們下了公路，開上達特穆爾風光明媚的小徑。

他們在雙線道馬路上開了大約十五分鐘，經過農地、圍籬和草原。隨著空氣漸冷，天色漸暗，蘿拉說：

「你確定是這條路？」

雷基說，「對。」

「也許我們該找人問路？」

雷基說，「我們有地圖。」

「呃，對，可是——」

「我很有信心妳看得懂。」

「我可沒有，也沒信心讓你邊開邊看。」

「好吧，如果看到加油站就問人吧，反正也該加油了。不過我已經超過十五公里沒看到——」

「我看到一間，」蘿拉說，「就在前面。」

她說的沒錯，而且時間剛好。天知道還要多遠才會到下一家？

蘿拉看著前面加油站的路標說，「上頭寫三十公里內最後一家。」

雷基開了進去。

自助加油站前方的公告寫著「全新經營團隊」。機器旁沒有服務員，倒是有一家便利商店，後方還有修理廠，停著一台拖吊車。

蘿拉走進店裡拿地圖問路。雷基正打算加油，這時一名快三十歲的服務員從修理廠走出來，用油膩的藍抹布擦擦手。

他叫道，「我來幫你！」

雷基叫回去，「沒關係！」不過服務員還是走了過來。

他說，「機器有時候不好用。」

「我應該抓到訣竅了。」雷基說，「以前加過一兩次。」

服務員端詳雷基把油槍噴嘴插進油箱的姿勢，睿智地點點頭，彷彿同意雷基具備加油的必要技巧。

他繞著車走了一圈。

他主動說，「我修過這種車。」

雷基點點頭。

服務員說，「化油器很需要保養。」

雷基說，「我的很好。」

「加滿油要去旅行嗎？」

雷基瞥向他。服務員隔著玻璃往車內看。

他說，「內裝不賴。」

雷基說，「只是原廠配備。」他把油槍噴嘴掛回架子上。

「在裡頭付錢。」服務員說，「如果有需要，趁你去付錢的時候，我可以在修理廠簡單檢查你的車。免費，一下就好了。你的輪胎看起來有點扁。」

「不用了，謝謝。」雷基說，「輪胎沒問題。」

雷基確定鎖上捷豹跑車，才走進去付錢。他到便利商店跟蘿拉會合，她跟櫃員剛聊完天，手上拿著地圖，還有店裡買的辣味洋芋片和果汁。

雷基說，「這間加油站的服務員好討厭。」

「好險我們有停車。」她交給雷基一包洋芋片。「你也知道你肚子一餓就會這樣。」

雷基和蘿拉上了捷豹跑車，開車上路。

雷基從後照鏡看到服務員站在維修廠前，繼續用油膩的抹布擦手，目送他們離開。

他們繼續開在雙線道馬路上，穿過滿布石塊的綿延小山，偶爾經過幾頭綿羊和野生小馬，但路上車輛很少。

蘿拉搖下車窗，風吹亂她的頭髮，在陽光下閃耀著紅色和金色。雷基一時忘了不久就得把車換成比較實用的款式。

第一滴雨水落在擋風玻璃上，起初還稀稀疏疏，接著雨滴開始成群落下。等蘿拉放棄並搖起車窗，已經變成了傾盆大雨。

沒關係，不過就是行經鄉間小路時下點小雨。鄉間小路和下雨本來就該湊在一起，才能跟躺在南太平洋小島陽光燦爛的海灘有所區別。

他們已經深入國家公園，連羊隻都不再出現，放眼望去也不見農舍或小屋。這時雷基感到副駕駛側傳來些微的旋轉震動。

微弱的聲響隨之響起，節奏越來越糟糕。

蘿拉還沒說什麼，他馬上就知道怎麼回事了——他只是不敢相信，因爲兩週前他才未雨綢繆買了一組全新的輪胎。

「是我想的那樣嗎？」

「對。」雷基說，「車子爆胎了。」

雷基靠邊停車——至少盡可能靠到路邊。雨水在地上鑿出一條泥濘小溪，如果想完全開離狹窄的路，前輪就會陷進水溝。

雷基準備開門下車。

「雨太大了。」蘿拉說，「我們打電話找汽車協會吧。」

她拿出手機試著撥號。

沒有收訊。雷基試了他的手機，結果也一樣。

「好吧，沒辦法了。」他說，「我想花不了多久。」

蘿拉說，「我來幫忙。」

「不用，」雷基說，「我可以。」

雷基下車走進雨中。他打開後車廂，探進行李箱下方，找到放備胎的隔層，接著開始翻找埋在所有行李下的扳手和千斤頂。雨水不斷灑進後車廂。

午後即將轉為傍晚，這時他們後方的路上出現頭燈的光芒。

一輛大車慢下來，靠邊停車。

原來是加油站的拖吊車。

雷基站起身，放棄從後車廂拔出工具。他轉過頭，看到稍早跟他說話的修理廠服務員從拖吊車下來。

男子走向雷基，但手上沒有拿工具。

「大哥，路上出了小問題嗎？」

雷基說，「看就知道了吧。」

男子說，「哼嗯。」他沒有靠近看，也沒有要做什麼的意思，只是站在那兒，打量雷基、捷豹跑車打開的後車廂，還有眼前的情況，彷彿從來沒看過車子爆胎。

「你啊，」一會兒後，他說，「你是倫敦的有名大律師？」

雷基說，「你怎麼知道？」

短短一瞬間，這個理所當然的問題似乎令男子措手不及。然後他說，「倫敦大律師的行李我看就知道了。」

雷基不相信他的解釋，但當下他也不太在乎。

「你能替我們換輪胎嗎？」

男子聳聳肩。「看起來有點複雜，」他說，「也許需要拖回去修理廠看看。」

雷基說，「只是爆胎而已。」

「你永遠不知道還有什麼問題。」修理廠服務員說，「到鎮上修理容易多了。」

雷基掏出錢包。他知道荷包要大失血了，或許修理廠服務員打算在這兒賺到一星期的薪水。不過這種情況下，雷基願意花錢，只求趕快上路。

他說，「後車廂有備胎，我知道是好的。我把行李挪開，你就拿得到了。在這裡換輪胎要多少錢？」

「你知道你不在倫敦了吧？這裡可是荒野。」

「拜託，」雷基說，「我的問題很簡單。」

「你也不在法庭上了，除非上次我出庭以來，法庭的樣子變了。」

雷基推測上次應該沒多久以前，而且這傢伙說的「出庭」八成是作爲被告。

雷基說，「你到底能不能幫我們換輪胎？」

「能不能是一回事，願不願意又是一回事。我說過我願意怎麼做了：幫你把車扛上拖吊車，載你和這位漂亮小姐到下一個小鎮，我看她很一直有耐心在包容你。你們可以去酒吧，好好吃一頓炸魚薯條——說眞的，大哥，不瞞你說，我覺得她看起來很餓——等修理廠幫你們把車修好。我搞不好也會跟你和小姐喝一杯，第一輪我請。」

如果雷基年輕一點，或情況稍有不同，或這個蠢蛋吐出的用詞稍微不一樣，雷基就會揍扁他。他都準備要動手了。

但現在下著傾盆大雨，他只想專注在目標上：開到目的地，躲避暴雨。更重要的是，他要讓蘿拉晚上能安全躺在溫暖的床上，避開狂熱的跟蹤狂、妲拉·芮妮、狗仔隊，以及任何打算打擾他們的人。不要節外生枝，不要誇張鬧事，就這麼簡單。

所以雷基只是低吼：

「我不需要修車，只要你幫忙換該死的輪胎。你要換嗎？」

「大哥，現在下雨，你看不出來嗎？所以我會照我說的，載你、小姐和車子進城，否則你就自個兒換該死的輪胎吧。你自己選。」

雷基說，「給我閃邊去。」

起初拖吊車駕駛看來不打算讓步，有那麼一秒，他們感覺眞的要打起來了。雷基從那傢伙眼中看得出來，他準備要動手了，跟雷基一樣。

駕駛說，「隨便你。」他退到一旁，大步走回拖吊車，只飛快回頭瞥了一眼。

雷基看著他，有點意外。拖吊車駕駛一般不會拒絕修車，他必定知道雷基稍後會打電話向他的僱主客訴。而且駕駛如果只是想靠修車敲竹槓，搞到雙方差點起衝突實在不明智，對他也毫無好處。

雷基在泥巴中跪下，換起輪胎。他終於從後車廂拔出備胎，蘿拉站在雨中，試圖撐傘遮住她、雷基和行李。

「剛才怎麼回事？」蘿拉說，「爲什麼他堅持要載我們進城？」

「天知道。」雷基說，「可以把傘稍微往左一點嗎？」

20

等雷基鎖緊最後一根螺栓，已經日落西山了。

路旁沒有路燈，其實各個方向都看不見任何光線。

蘿拉仍撐傘站在雨中，她問雷基是否該從後車廂拿出手電筒。

「不用，」雷基說，「我快好了。」

他確實快好了，不過有點照明也不錯。他頗確定後車廂有手電筒，但不記得上次何時檢查電池有沒有電了。

他用力把車輪蓋捶回原位。

他說，「小菜一碟。」

兩人都渾身濕透，沾滿泥巴。他們把工具收好，盡量甩乾雨傘上的水，然後鑽進車裡。

雷基轉動鑰匙。起動器尖聲叫著轉了起來，但什麼動作也沒發生。

雷基瞥了蘿拉一眼。就算她很擔心，也沒表露在臉上。她把雨傘收到椅子後面。

雷基又轉了鑰匙一次。起動器放聲哀鳴，接著引擎隨之轉動，從排氣管吐了兩口煙，吼叫著發動了。

蘿拉微微一笑。

她說，「不錯吧？」

雷基點點頭，開車帶他們上路。

四十分鐘後，他們瞄見通往馬里波恩好眠客棧的岔路。

雨勢漸微，飯店黃色和白色的燈光劃破黑暗。

他們小心開上細緻的碎石路，來到飯店門口。以前這是一棟巨大的鄉間農舍，但現在外表看來徹底翻修過了。細膩的光線照得外牆白色油漆發亮，透過一樓的窗戶，可以看到蠟燭和桌巾。

太棒了。

雷基和蘿拉剛打開車門，一名年輕男侍者便走出來。他從後車廂拿出行李，裝上推車，然後像小狗繞著蘿拉打轉，努力思索還能提供什麼服務。這時他看見雷基拿著公事包下車。

侍者說，「我幫您拿吧。」

雷基說，「謝謝，我來就好。」

侍者說，「我跟其他行李一起放在推車上。」他伸手去拿公事包。

雷基扯回包包，一面說，「不用了，謝謝，我都自己拿。」

侍者退後一步，彷彿做不成他非做不可的唯一一件事，但他很快就重振精神。他愉悅地說，「好啦。」他轉頭面對蘿拉，抓住裝滿行李的推車，請他們跟上來，好像他們不知道似的。

他們走進大堂。室內裝潢是鄉間小屋摩登風，優雅運用木頭和石材，乾淨得發亮，而且燈火通明。

雷基說，「還可以吧？」

蘿拉點點頭。「太完美了。不管以前我怎麼抱怨你的飯店運，我都願意收回。」櫃台服務員替他們辦理入住，並提到飯店集團經理特別要求，要給他們最搶手的頂樓套房。

他們搭電梯到三樓，侍者將行李搬進房間，拿了小費就離開了。

這個房間不是套房，只是一間大臥房，但空間非常寬敞，附有粉色瓷磚的浴室和廁所，兩個洗手槽前橫亙一大面鏡子，超大雙人床上擺滿蓬鬆的裝飾枕頭，都能撲進去游泳了。

蘿拉走到窗邊，拉開沉重的金色窗簾往外看。

「明天早上，」她說，「我猜能在峭壁上看到野生小馬，還能看金黃的太陽從荒野升起。不過今天晚上，我們只能自己找樂子了。」

雷基坐在床上，拿起客房的電話。

他說，「要我預約八點吃晚餐嗎？」

「不要。」蘿拉說，「你要叫房務部送一瓶香檳過來，然後走人。我是說服務生走人，不是你。先送來香檳再說，他們動作最好快一點。」

蘿拉原先站在大床靠窗那一側，雷基則坐在靠電話這一側。她上床朝他爬來，沿路丟開擋路的抱枕。

21

火災警報在凌晨三點響起。

雷基直覺判斷一定是三點，因爲他知道每當有人說半夜碰上壞事，他們指的其實都是凌晨三點。

不是半夜，因爲半夜通常會發生好事。昨天半夜可發生了非常好的事，他都還沒恢復精力，刺耳的警報響起之前，他都還深陷完事後的沉眠之中。

他從床上跳起來。好吧，其實沒有。他感覺跳了起來，但實際上只把光腳挪到地上。警報並不是公立學校火災演習用的親切鈴聲，而是尖銳簡短的嘶叫，響徹房間。蘿拉在他旁邊坐起身。她聞起來好誘人，即使火警大聲嘶叫，雷基還是花時間吸了口氣。

「爲什麼，」蘿拉說，「老天總是知道什麼時候我沒穿衣服？」

警報鍥而不捨地尖叫。他們四處尋找唾手可得的衣物，雷基迅速套上四角褲，蘿拉則趕忙穿上雷基的長版襯衫。兩人還在找衣服搭配，突然有人從外頭用力捶門。

雷基打開門，侍者站在門外。

「火災警報響了！兩位現在就必須離開！」

雷基說，「在哪裡？」

侍者說，「什麼？」不知爲何，他似乎恍神了。

「火災在哪裡？」

侍者沒有回答他的問題，只是盯著蘿拉。她還沒把襯衫釦子完全扣好。

他說，「浴室裡有浴袍！我替您找！」他自告奮勇想進入房間。

雷基說，「不用了。」他把侍者推回走廊。「謝謝你的提醒，我們馬上下去。」

蘿拉進去浴室拿浴袍。雷基仍只穿著四角褲，伸手拿起公事包。

「別帶隨身行李。」侍者又出現在門口。「沒有時間了。」

雷基說，「我已經拿好了。」

「我替您拿，您才能進去穿好衣服。」侍者伸手想接過公事包。

雷基說，「你剛才說沒有時間了。」出於習慣，他仍抓著包包。

「樓下非常冷，」侍者說，「您眞的應該——」

蘿拉穿著浴袍從浴室出來，手裡替雷基拿了一件，丟給他。

「你跟雷基講什麼都沒用。」她說，「他連衣服縮水都不在意了。我們準備好了嗎？」

侍者說，「請跟我來。」然而他感覺不太滿意。雷基和蘿拉聽話跟他走過走廊，來到樓梯。

十幾名飯店住客已經聚集在大堂。

「我們最晚下來。」侍者說得好像他們是在比賽中慘敗。

蘿拉說，「嗯，畢竟我們住在頂樓。」

值班經理年約五十歲，打扮得體。他走到大堂中央，請大家注意。他說等到工作人員完成每層樓的安全檢查，旅客就可以回房。

雷基說，「所以其實沒有發生火災囉？」

經理轉頭看向雷基，然後跟侍者心照不宣地互看一眼。

「喔，糟糕。」蘿拉悄聲對雷基說，「你登上壞寶寶名單了。」

經理不想直接回答鬧事者的問題，於是他刻意轉頭，朝大堂每位客人發言。

「我們的系統還新，」經理說，「偶爾誤報在所難免。幸好我們已經完成檢查，確定一切安全，各位可以回房了。」

旅客開始散去前，經理直直看著雷基。

「我可以明白告訴各位，剛才不是演習。」他頗大聲地說，「以後我們希望所有旅客都能遵守飯店規範，運用自己的常識，不要在火災逃生時試圖攜帶隨身物品。任何身外之物都比不上您的命，即使您住在頂樓最大的房間。謝謝各位的耐心配合，祝您有個美好的夜晚。」

群聚的旅客跟著飯店經理，紛紛用非難的眼神瞪著雷基和他手中的公事包，好像他為此賭命非常不恰當。

「啊，」蘿拉在雷基耳邊悄聲說，「鬧成這樣我希望你很滿意。」

雷基說，「我只慶幸穿了該死的浴袍。」

一會兒後，飯店住客都離開了。雷基和蘿拉回到房間。

雷基打開門，讓蘿拉先進去。

她才走進門口，馬上就停下來。

她說，「不太對勁。」

她說的沒錯。她的行李箱打開，裡頭的東西全倒在床上。客房小化妝台的每個抽屜都拉開，衣櫃明顯也有翻過的痕跡。

蘿拉迅速依序檢查每個區域。

「看來好像沒有東西不見。」蘿拉說，「可是他們翻遍了整個房間，所以他們沒找到要找的東西嗎？」

「也許他們照了照片，」雷基說，「可能是狗仔。」

侍者前來幫忙。

「對，」他說，「有可能。我看到有人帶很高端的相機入住。」

「少來。」蘿拉說，「就算是狗仔，只刊登明星的隨身物品也賺不了錢。假如他們自認不會被逮，可能會觸發假火警，逼我們衣衫不整下樓。但亂翻我們的房間毫無意義。」

「如果需要，我們可以替您更換房間。」

「沒關係。」蘿拉說，「謝謝，不過現在我們只想再睡幾個小時。」

侍者逗留在門口，一開始看似想繼續提供協助，不過雷基給他小費後，他就離開了。

幾小時後——實在太短了——雷基和蘿拉下樓吃早餐。他們像殭屍一樣走到自助餐廳。

「要吃還是要睡。」他們一面拿起餐盤，蘿拉一面說，「要吃還是要睡。我最討厭在賴以維生的活動之間二選一了。」

不過早餐有油膩的培根，煎得恰好過頭，還有焗豆跟依然溫溫的燉番茄，陣陣香味撲鼻而來。

雷基把盤子裝滿食物，跟蘿拉一起坐在窗邊的位子。

他拿著公事包，放在旁邊的空位上，平躺攤開，露出裝在兩側的文件。

蘿拉挑起一邊眉毛。

「別擔心。」雷基說，「我沒有要工作，只是想看一下行程。」

他翻過幾份文件，把紙張從公事包一側挪到另一側。

「找到了。」他拿出一張紙。「我想妳會喜歡下一間飯店，據說有某種特殊客房。」

他把住宿列表給她看。

「露易絲說飯店經理親自替我們做了這張表，」雷基說，「妳可以看到她寫的註記。」

蘿拉讀完註記，滿意地點點頭。「她說特別修復的火車車廂客房在整修——但我聽說其他的房間也很棒。我都不可能安排得比她好。」

蘿拉才說完，廚師就從廚房出來，緊貼著他們走過，手裡端著一盤全新的培根，油漬都還在冒泡。經過他們桌旁時，他慢下腳步。光聞到更多新鮮早餐食物的味道，就足以刺激雷基想再去排隊。他站起身。

「他們很積極補充自助餐的食材呢，」蘿拉說，「不久前都還是滿的，現在就又在補料了。」

櫃台服務員出現在餐廳門口，四處張望一會兒，然後直接走向他們的桌子。

「請問是希斯先生嗎？」

雷基說是。

「先生，有一通電話找您。」

蘿拉一臉疑惑看著雷基。

「我也不知道怎麼回事。」他說，「只有露易絲知道我們住哪裡，我還要她擋下所有的電話。」雷基正要跟服務生走出餐廳，一低頭卻發現公事包還打開放在椅子上。他對蘿拉說，「幫我看著好嗎？」

「當然。」

雷基走到櫃台，接起電話。

原來是溫柏利。

他說，「希斯，你實在有夠難找。」

雷基說，「我故意的。」

「我就長話短說了。」溫柏利說，「妲拉・芮妮逃走了，而且她又殺了人。」

雷基花了一會兒消化消息。

「希斯？你還在嗎？」

雷基說，「怎麼會發生這種事？」

「心理健康中心有點違反了規定。聽警衛說，她顯然直接從檢查室走出去，當精神科醫生在儲藏室逮到她，她用鈍物捶了他的頭好幾下。歐席亞現在趕過去了。」

「我的天啊，溫柏利，那個女的腦袋有問題，他們就只能做到這樣？」

「我也跟他們說同樣的話。」

「什麼時候的事？」

「昨天下午。」

「你有在找——」

「我們當然在找她，所以我才打電話給你。我通知達特穆爾警局了，但他們除了特別注意，也不能怎麼樣，而且他們的轄區很大。我派了人監看漁夫在肯維島的家，以防她回去。對了，那個案子現在毫無線索。你爲她提供漢堡包裝紙的不在場證明後，我們都假定人不是她殺的了，但如果不是她，我們完全不知道是誰。」

「你的意思是，」雷基說，「假如當初蘿拉和我閉嘴，檢方就會以謀殺漁夫的罪名起訴妲拉．芮妮，現在她就會在牢裡等候傳訊，不會直接去精神病院，讓醫生評估她過去的罪行。她也就不會逍遙法外，跑來跟蹤我們。」

「我沒什麼特別意思，希斯，我只是告訴你狀況而已。還有，我們認爲她又精神錯亂了——假如她有康復過的話。據說她又讀了報導你未婚妻的八卦專欄。」

雷基說，「謝謝你提醒我。」

他掛掉電話，回到蘿拉和他的位子。

「太不可思議了。」他坐下時，蘿拉說，「你離開這段期間，服務生來了不下三次，問能不能收我的盤子。明明看就知道我還在吃啊。」

「收妳的盤子？」雷基說，「現在的小孩都用這種台詞嗎？」

「我不知道你在說什麼。總之，」她從空位拿起闔上的公事包，交給他。「我發現夏洛克．福爾摩斯的信還在裡面，跟其他文件混在一起。」

雷基得想一下才聽懂。

他說，「妳是說從飯店拿回來的那一封？」

「對，我又好好塞回去了。假如弄丟，瑞佛提先生會砍了你的頭。」

雷基說，「我覺得我們有更嚴重的問題。」

蘿拉放緩吃早餐的動作，抬起頭。

「剛才是溫柏利打來的。」雷基說，「妲拉・芮妮逃離拘捕，現在逍遙法外。」

蘿拉看著雷基，花了點時間消化這個重大消息。

然後她伸手去拿楓糖漿。

「啊，眞可惜。」她說，「不過我們不能讓這件事毀了假期。我不會有事的。」

「妳當然沒事。」雷基說，「我比較擔心我自己。」

蘿拉繼續吃法式吐司。雷基又想了一會兒，然後站起身。

他說，「我得去打一通電話。」

蘿拉說，「給誰？」

「我需要確認奈吉安全飛越大西洋了。」

「他當然安全抵達了，怎麼會有事？」

「天知道。」雷基說，「我還是確認一下好了。」

22

奈吉・希斯花了十四個小時，從洛杉磯國際機場飛到倫敦希斯洛機場，終於在清晨搭計程車抵達巴特勒碼頭。

奈吉選了紅眼班機，中途還得轉機，不過比起其他更快或直飛的航班，票價便宜了一半。

所以他幾乎沒睡。即便如此，他還是神采奕奕。

可以住在哥哥雷基的閣樓套房幾天，替他看家，可不是小事。以往雷基很小氣，不常提出這種邀約，不過現在他做人圓滑多了——奈吉認爲都是蘿拉的功勞。自從他們在一起，雷基開始容許他完全單身時想都沒想過的事，包括出城時邀弟弟來借住他昂貴奢華的小窩。

現在雷基和蘿拉都出城很遠了，連手機都收不到訊號——奈吉在機場已經試過了。沒關係。他可以霸佔房子一陣子，再獨自前往蘿拉阿姨的城堡，參加訂婚慶祝活動。

他有點擔心訂婚晚宴上他可能要致詞。他知道婚禮上他非致詞不可，但他不確定小小的訂婚派對如何。他問過瑪拉知不知道規矩，但她說她完全不了解英國人。

當然這句話不完全正確——她看來很了解奈吉，從他們在洛杉磯相遇開始，直到現在同居，都沒有改變。

如果需要致詞，他想他可以開個玩笑，說他是雷基婚禮的伴郎，更是跑趴時更讚的夥伴。類似的笑點也行，熟悉兄弟倆的人應概會覺得好笑吧。奈吉在酒吧如魚得水，但他總覺得正式場合有點嚇人。特殊的叉子，特殊的盤子，特殊的食物，哪些話該說，哪些不該說，都害人壓力很大。

現在他只想走到閣樓套房的陽台，拿一瓶健力士啤酒坐下，欣賞美麗的城市燈海。

計程車開走後，奈吉走向玻璃牆面的外部電梯。這部專屬電梯從舊碼頭區的一樓直通雷基的閣樓套房。

奈吉打開電梯旁的保全面板，輸入密碼。

什麼反應都沒有。面板應該要嗶嗶叫，亮起綠色，宣告密碼正確，允許通行才對。

他又試了一次。

還是沒有聲音，不過這次奈吉注意到了ＬＥＤ顯示螢幕。

螢幕上寫著「保全解除」，紅色字體在黑色螢幕上微微閃爍。「警報關閉」。奇怪了，雷基出門絕不可能不設保全。

奈吉按下電梯按鈕。液壓馬達哀鳴著動了起來，電梯開始從雷基的閣樓套房朝奈吉所在的一樓下降。

所以雷基出發去訂婚之旅，卻沒有啓動保全系統。眞的很怪。

奈吉走進電梯，搭到大樓頂層。他踏出電梯，來到閣樓套房沒有上鎖的前廳。他叫道，「雷基？」

他不認爲有人會回答，雷基不該在家。但所有保全措施都解除了，奈吉想得到唯一的解釋就是雷基在家。

「你在嗎？」

沒有人回答。

奈吉走進玻璃牆面包圍的寬廣餐廳。他知道餐廳是雷基買下這間公寓的主因，窗戶不僅俯瞰泰晤士河，月光也能傾瀉而入，沒有更理想的週六夜約會地點了。雷基追求蘿拉的大半時間都花在這兒。

餐廳兼求愛房看來很好，沒什麼不尋常。奈吉走進廚房。

廚房看來也很好，雷基有雇用清潔公司，而且他本人也不邋遢。流理台上沒有散落東西，也不該有東西，畢竟雷基出門度假了。

廚房裡有一張小小的方形麗光板早餐桌，搭配四張簡約普通的椅子。外人看來，可能覺得跟雷基公寓優雅的裝潢有些格格不入。

不過那是他們父母的桌子。雷基和奈吉在倫敦東區長大時，他們家只買得起這種家具。奈吉可以理解雷基爲何把桌子留下來。

他們父親因爲事業經營不善，搞壞了心臟，十年前過世了，母親不久後也隨他而去。當時奈吉生平第一次懷疑樂觀思考可能毫無意義，人生並不公平，靈魂伴侶也許永遠找不到彼此，即使在一起了，老天也可能變得嫉妒怨懟，試圖拆散他們。

或者拆散不了，就乾脆殺了他們。

當時奈吉在讀最後一年大學，他下定決心，下次看到眞正幸福的伴侶開始遭逢此等不公不義，他就要盡全力阻止。當然普通的歲月摧殘不算，因爲一個人能做的眞的有限。

至今他都沒有忘記他的決定。

他離開廚房，走進臥室檢查。房間很完美，比雷基早年的小窩好多了。廁所也沒有異狀，櫃子裡有一些雷基的東西，蘿拉的更多。

最後奈吉來到辦公室——應該說是雷基的男人窩。房間不大，奈吉知道雷基其實不常待在這兒，通常如果他要加班，都會留在律師事務所。

房間有一扇窗戶，僅僅面向對街另一棟住宅大樓的窗戶，不像餐廳能看到美麗的泰晤士河。

房內有一套桌椅，天花板嵌著軌道燈，桌子下方放著直立式個人電腦主機，顯示螢幕擺在桌上，旁邊有一盞小燈。

房間一片漆黑，奈吉打開牆上的開關。

頭上的燈亮了起來——就這樣。電腦沒有啓動，螢幕沒有打開，桌燈也沒有亮。

奈吉伸手按了桌燈自己的開關，燈亮了起來。他接著試了電腦和螢幕的開關，兩者都順利開啓，顯示出一般的登錄畫面，沒什麼線索。

可是還是很怪。奈吉知道雷基喜歡電器用品單純又聽話，而且他不像奈吉，不怎麼在意用多少電。當他打開牆上的天花板燈開關，他會希望所有設備一起開啓，不管要消耗多少千瓦的電。

但有人分別關掉了每樣裝置。

而且八成不是爲了節能。

應該只是想避免吸引對街大樓的人注意。

奈吉拿起雷基桌上的電話，打給事務所的露易絲。雖然還早，她可能已經到了。

她接起電話。

「奈吉！你回來了？」

奈吉說他只是回來參加蘿拉和雷基的訂婚派對。

他兩年前搬到洛杉磯，這是第三次回來倫敦。每次露易絲和租賃委員會的瑞佛提都會問他是否搬回來定居，每次他都說不是。

他提醒露易絲，正式婚禮時瑪拉會跟他一起來。然後他切入這通電話的重點：

「我在雷基家。我覺得他家遭小偷了，或至少有人進來搜過——我看不出來有沒有東西不見，但有人進來過，還想掩飾痕跡。」

「喔，天哪。他家也有人闖空門？」

「什麼叫『也有人』？」

「瑞佛提先生幾乎確定有人進去過貝格街頂樓放信的儲藏室。他不肯說他怎麼知道——據說去年德州人事件之後，他就換了鎖，還設了某種祕密追蹤系統——但他說他確定有人闖進去翻東翻西。對方也試圖掩飾痕跡，而且看來什麼都沒拿。」

「天哪。」奈吉說，「我還以為我離開幾個月都不會出事。」

露易絲說，「可不是嗎？」

奈吉在用的電話——雷基的電話——開始惱人地嗶嗶叫。

「我再打給妳。」奈吉說，「好像有人打給雷基。」

奈吉接起來電，是雷基打來的。

雷基說，「你的飛機還好嗎？」

「小嬰兒哭個不停。」奈吉說，「等我看到餐點，連我這個大人都哭了。眞高興接到你的電話，你家看起來棒透了，不過我對你的保全系統有幾個問題。」

「你順利進去了嗎？」

「廢話。但我就想說這個，你的保全系統沒開。我四處看過了，就我所見沒有東西不見，但我覺得有人進來過。」

雷基沉默了很久，超乎奈吉預期。

然後他終於說，「妲拉・芮妮還活著。」

這下換奈吉頓了一下。

「收訊不太好，」奈吉說，「不管你剛才說什麼，我覺得你應該再說一遍。」

「我說妲拉・芮妮還活著。」

奈吉胸口一緊。他說，「妲拉・芮妮在泰晤士河淹死了。」

雷基說，「我們運氣沒那麼好。」

「她沒有摔死？也沒在河裡淹死？」

「沒錯，後來她跟一名漁夫住在泰晤士河口。幾天前，有人刺死了漁夫，凶器上有她的指紋。他家地板下找到一張報紙剪報，只有一張——我們去蘿拉阿姨城堡的訂婚之旅行程，剪報上有芮妮的指紋。」

奈吉說，「天哪。」

「本來有個好消息：她主動投案，蘇格蘭場拘捕了她。」

奈吉說，「爲什麼是本來有好消息？」

「溫柏利說她殺了評估她的精神科醫生。」

「所以她還是有殺人傾向，頭腦又有問題。」

「然後她逃走了。」

「天哪。」奈吉又說了一次，「蘇格蘭場知道她在哪裡嗎？」

「溫柏利和我都猜測，她要繼續先前沒完成的計畫。」

奈吉思索了好一會兒。

他說，「我了解了。」他知道雷基暗示的意思。

「我沒辦法親自去追查她，」雷基說，「我得陪著蘿拉。」

「當然。」奈吉說，「你需要有人去——」

「奈吉，我需要你去找妲拉．芮妮，免得她先找到我們。」

奈吉說，「知道了。」

他掛了電話，接著打給蘇格蘭場的溫柏利探長。

探長說，「希斯，我不知道你在倫敦。」

奈吉說，「我應該要出發去訂婚派對了。」

溫柏利說，「我覺得他配不上她。」

「隨你怎麼想。」奈吉不確定溫柏利是不是說真的。「我聽說妲拉．芮妮跑了？」

溫柏利說，「對。」

「你們靠什麼方法追查她？」

「現在嗎？靠跟你說話，希斯，省得浪費我的時間。你認識她吧？幾年前？」

「可以這麼說。我們參加同一個治療團體，正式名稱是職場小組，但其實根本是職場挫折小組。我去那裡打算拋棄我的律師執照，懲罰自己打贏客戶應該輸的侵權官司。

她則在那裡培養對古典計程車的深仇大恨，外加幻想我哥是夏洛克・福爾摩斯。團體治療時，我們都得坦承很多事。她坦承她是天才、精神分裂的學者，但毫無方向感，所以才當不成古典計程車司機。」

「還有別的嗎？」

「溫柏利，你跟她同處一室過吧？」

「對，如果審問室算的話。」

「那你就該知道，她非常會勾引人。這沒什麼關係，只是她同時又精神不穩定，還會殺人。」

溫柏利說，「有道理。」

接著他突如其來問道：

「你們一起接受治療的時候，你有跟她發生親密關係嗎？」

「沒有。」奈吉訝於他的問題，但還是回答了。「差一點。我們約在治療課程之間見面，但她遲到了——或迷路之類的——我沒等下去，就這樣錯過了。」

「你哥哥呢？他扯上古典計程車案的時候，有睡了她嗎？」

「沒有。」奈吉現在有點生氣了。

「你怎麼知道？」

「我了解我哥。」奈吉說，「不管他單身時希望別人怎麼想，我知道他認識蘿拉・藍欽之後，就沒碰過別人了。」

「我會問你，」溫柏利說，「是因爲我請他來蘇格蘭場見妲拉．芮妮的時候，他感覺有點緊張。」

奈吉說，「告訴你吧，我們三個人當中——我、雷基和蘿拉——只有蘿拉見到妲拉．芮妮不會嚇個半死。」

「好吧。」溫柏利說，「總之，我通知了達特穆爾國家公園的當地警方，提醒他們注意，以防她埋伏在他們兜風的路上，但那塊轄區很大。當然，她可能根本不會去找蘿拉，也許她決定珍惜自由，逃去國外。現在我們每條線索都不放過。」

奈吉想了一下。

「每條線索都不放過，就表示你們連一條有力線索都沒有吧？」

「你不要過度解讀。」溫柏利緊繃地回答，「我們盡力了。現在歐席亞在心理健康中心的犯罪現場，我同意她跟你談，你等一下可以打給她。」

奈吉說，「歐席亞很厲害。」

「還要你說。希斯，你知道嗎？妲拉．芮妮逃走都是你哥哥的錯。」

「怎麼說？」

「他和蘿拉查出她有漁夫謀殺案的不在場證明。他們推論兇手不可能是她，因爲那些天殺的漢堡包裝紙獨一無二，證明案發當時她在馬里波恩大飯店。」

「漢堡包裝紙？」

「根據妲拉．芮妮的說法，她走進屋裡，看到屍體，鬆手掉了那袋漢堡和包裝紙，就逃走了。我覺得她在胡說八道，但聽了你哥哥和蘿拉的話之後，我查了她的不在場證明——結果跟他們說的一樣，那種包裝的漢堡只在飯店辦的活動賣，必須在齊佛頓在肯維島遭到謀殺的時間，到飯店才買得到。而且包裝紙上有妲拉．芮妮的指紋。太可惜了，要不是那些該死的垃圾食物包裝紙，她就沒有不在場證明了。飯店的監視攝影機完全沒拍到她，當然攝影機有死角——但重點是，除了該死的包裝紙，沒有證據顯示她在飯店。要不是他們，檢方就會拿肯維島謀殺案起訴她，她就還會好好關在牢裡。」

「好吧。」奈吉說，「我無法想像我認識的妲拉．芮妮看到屍體會嚇跑。」

「她宣稱她不是你認識的妲拉．芮妮了，她宣稱她不再精神錯亂，也不會殺人。」

「要是真的就好了，」奈吉說，「但我不敢拿我哥或蘿拉的命來賭。我相信你的團隊盡力了，但我要自己去找芮妮，我想你不介意吧。」

「我借你一份她的檔案。」溫柏利說，「你行就去找吧，如果能順便破解她的不在場證明就更好了。我跟你保證，下次我們不會讓她逃走了。」

23

那天早上，雷基和蘿拉離開飯店時，毛毛細雨已變成大雨。離開飯店並不容易。早餐時接獲妲拉．芮妮的消息令他們心神不寧，跟溫柏利和奈吉講電話也花了一點時間。

此外，飯店經理顯然很後悔昨晚對待雷基和蘿拉的態度。退房時，他親自來接待他們。

「主管指示我招待兩位免費住宿，」他說，「入住達特穆爾高級旅館，我們旗下最特別的飯店之一，就在國家公園最西側。如果您要前往地角、彭贊斯，或任何西南方的城鎮，都很適合在此稍作停留。」

「謝謝。」雷基說，「但我們只有昨晚住在達特穆爾，現在我們距離目的地只剩車程幾小時了。」

「天氣看來不太好，」經理說，「車程可能比您想得長。路上總有意外，永遠不知道會發生什麼事。」

雷基說，「我確定不用花上一整天。」

「不，不，當然不用。」經理說，「所以主管才指示我提供您非常特殊的方案。不管是下午路上休息一、兩個小時，梳洗一下，或是住一整晚也行，都看兩位決定，完全免費。」

「這個嘛……」

「你們實在太貼心了。」蘿拉說，「我們需要拿優惠券嗎？」

「完全不用。您到了旅館，只要報上名字，我們的員工就會接手處理。」

「太好了。」蘿拉說，「我不敢保證，不過如果我們需要休息，一定會記得達特穆爾高級旅館。」

他們終於開車上路。

大雨之中，氣溫越來越低，風越來越大。開了一小時後，他們經過一個小指標，宣告他們正式進入達特穆爾國家公園。農地轉變爲橄欖綠色的石南花地、黃褐色的矮樹叢，以及側面長滿黑色苔蘚的灰白石頭。野生小馬和崎嶇的石堆也取代了羊群和偶爾出現的農舍景觀。

蘿拉心想，如果外頭艷陽高照，她手邊有一籃午餐，又只離家幾百公尺，這片鄉野還挺適合野餐的。

不過現在她只覺得景色孤寂又荒涼。

他們之間靜了下來。蘿拉把椅子往後靠，閉上眼睛。雷基開始在彎道試起捷豹跑車的性能，純粹因爲好玩。

外加他注意到溫度計開始微微上升，有時候加速能協助風扇冷卻馬達。

「等一下，」蘿拉突然說，「開慢一點。」

「怎麼了？」

「停一下。」

雷基聽話把車靠到馬路左側，但路肩不夠寬，所以他沒有開離車道。

蘿拉說，「我看到人。」

「妳是說快五百公尺前嗎？」

「對，你也看到了嗎？」

「有個像農夫的傢伙站在路邊，身穿連帽厚外套，雙手背在背後？」

「對，就是他。剛才開了整整十五公里，我覺得都沒看到另一個人、農舍，或任何文明的象徵。」

「所以呢？」

「嗯，我們是不是該回頭，看他需不需要幫忙？」

雷基說，「妳覺得他需要什麼？」

「我不知道，可是他一個人站在那兒淋雨做什麼？」

「等公車？」

「雷基，這條路上沒有公車。」

「那就在等卡車吧，或拖拉機。」

「不可能，我們已經太深入保護區了。」

「他有瘋狂揮手，尖叫求救嗎？」

「呃……沒有。可是我們開過的時候，我覺得他有抬頭。」

「他擠不進後座，如果我們把他綁在車頂上，他會生氣吧。」

「雷基，我不是要讓他搭便車，但我們至少應該繞回去，看他需不需要幫忙吧？」

雷基嘆了口氣，重新發動引擎，打到倒退檔。

「好吧，」他說，「如果妳這麼堅持。不過我猜啊，就算他需要我們，也只是想拿藏在背後的長柄斧頭砍我們的頭，把我們拖回他的洞穴，餵他會發光的變種小孩。」

「你看太多美國電影了。」

「沒錯。我很慶幸他會拿武器先砍妳那一邊，不是我這邊。」

24

奈吉沒有車。每次回到倫敦，他都徒步或搭地鐵，偶爾如果付得起或被迫揮霍一下，他也會搭古典計程車。他鮮少需要搭其他交通工具。

今天他搭古典計程車直接前往蘇格蘭場，跟溫柏利拿檔案。然後他前往地鐵站，搭上漢默史密斯線到巴金站，再轉公車到肯維島。

妲拉．芮妮是否真的又精神錯亂，再次盯上雷基和蘿拉？感覺有可能。奈吉想不出其他原因，解釋她爲何把旅遊行程的剪報藏在漁夫家地板下。

如果是這樣，她可就辛苦了：雷基改了行程，他和蘿拉不會出現在報紙刊登的地點。假如妲拉．芮妮直接開車去達特穆爾，四處尋找他們——嗯，她幾乎不可能找到……而且很蠢。況且她毫無方向感。

妲拉．芮妮再怎麼精神錯亂，都不是笨蛋。她不會開車去達特穆爾，漫無目的找人。奈吉知道用同樣的方法，他也找不到她。

於是他搭公車前往肯維島，沿路讀起溫柏利給他的檔案。

將近兩小時後，公車開進小小的市中心，在長路和高街交會口放奈吉下車。奈吉跟司機問了路，朝牡蠣溪走去。這條小溪流經肯維島和濱海紹森德之間，從泰晤士河口入海。

奈吉走到長路盡頭，看到一條鋪設步道，與小溪平行，一側是狹窄的雜草地，另一側是傾斜的泥濘河岸。

奈吉必須選擇方向：他可以右轉，走去斯莫間碼頭，齊佛頓的船應該停靠在那兒。

他不太想選這邊，船超過他的接受範圍了。

或者他可以左轉，走去齊佛頓家，看發現屍體的地點。但他知道蘇格蘭場鑑識科的歐席亞已經查過整棟房子，他對檔案中的調查結果也沒有異議。走這邊不會有什麼發現。

這時他發現第三個選擇：長街轉角的高水酒吧，距離奈吉只有幾公尺。任何人——例如齊佛頓本人——只要從斯莫間碼頭走向齊佛頓生前的家，都會經過這裡。

要在船和酒吧之間二選一，對奈吉來說很容易。他走進酒吧。

眼睛適應室內光線後，他開始打量四周。

酒吧並不華麗，但麻雀雖小五臟俱全。中央有個吧台，前方放了幾張桌子，後方牆邊和轉角有幾個雅座，他右側的牆邊擺著點唱機和當地布告欄。

布告欄和吧台旁的架子之間，有一張小桌子靠在牆邊，上頭放了一袋紅白相間的速食。

酒吧幾乎空無一人，下午的酒客還沒現身。

奈吉走向吧台，女酒保馬上過來招呼他。

奈吉指著紅白相間的袋子說，「那是什麼？」

「漢堡，已經放好幾天了。聽我的話，最好別吃。」

「包裝紙很特別呢，在附近買的嗎？」

她搖搖頭。「我女兒參加兒童班的歷史之旅，去了倫敦。他們去一家飯店參觀展覽，買了一堆漢堡，才搭公車回家。他們吃不完，我就留著給角落那位賽斯摩先生，他可以拿來做魚餌。」

角落雅座坐著一名頭髮發白的漁夫，看來七十幾歲，顯然就是賽斯摩。他快喝完他的酒了。

奈吉對女酒保說，「魚會吃不新鮮的漢堡肉？」

角落的男子開口了。

「鯉魚會，有時候鰈魚也會。如果你一輩子都在泰晤士河底的垃圾裡游泳，你也會願意吃。我們不會只挑肉，而是把麵包和肉片混點油，揉成小小的黏球，插上鉤子，丟進水裡。我不知道爲什麼有用，也不在乎。」

女酒保點點頭，對奈吉說，「你想吃的話可以拿一個。」

「我不餓了。」奈吉說，「不過我可以拿一張包裝紙嗎？」

女酒保挑起一邊眉毛。

她說，「你喜歡都好。」

奈吉拿起一張包裝紙，仔細端詳。

包裝紙紅白相間，印有馬里波恩大飯店的名字，以及特展的日期。

還說什麼妲拉．芮妮有不在場證明呢，這下完全無法證明那天她去了飯店。她大可從酒吧拿了幾個漢堡帶回家，表示她在鎮上，也能殺了漁夫。

所以她可能依舊無比致命。

蘇格蘭場的檔案裡有一張妲拉．芮妮的照片，是古典計程車謀殺案時蘇格蘭場第一次逮捕她的入監照。雖然不夠新，也沒辦法了。奈吉拿出照片，給女酒保看。

「最近妳在酒吧看過這個女生嗎？」

女酒保看了照片一眼，輕輕吹了口哨。

「我應該沒看過她。」她說，「但你可以等會兒回來，問那些年輕小伙子，我相信他們一定會注意到她。」

頭髮灰白的漁夫走了過來。

他說，「給我瞧瞧。」

女酒保悄聲對奈吉說，「給他看吧。已經四十年沒人叫過賽斯摩小伙子了，但他肯定覺得自己還年輕。」

男子一臉狐疑瞥了女酒保一眼。他看向照片，點點頭。

「我看過她。」他說，「她不是穿那樣，但是她沒錯。我跟之前來的傢伙也說過了。」

「有別人問起她？警察嗎？」

「他沒說。」男子搖頭說，「可能是，但應該不是，他穿得太正式了。人很高，穿灰色西裝。」

「什麼時候？」

男子清清喉嚨，在吧台凳子坐下。

奈吉對女酒保說，「可以給我們幾杯酒嗎？」她替他們倒了酒。

男子對奈吉說，「我想是幾個晚上前吧。」

「你上次什麼時候看到這個女生？她白天來過酒吧嗎？」

「我應該沒在酒吧看過她。」男子接過新的一杯酒。「我白天通常都出海去，就是那時候看到她。幾個月前，只有一次。齊佛頓馬上叫她下去船艙，但我瞥到一眼。那種貨色看了可不會忘。」

「所以你在齊佛頓的船上看到她？」

男子點點頭，灌了一大口啤酒。

「沒在別的地方看過？」

男子搖頭。「只有照片。另外那個傢伙給我看的照片有點模糊，在某個大飯店大堂拍的，她好像戴了假髮，但是她沒錯。我不可能認錯那雙眼睛，你懂我的意思嗎？」

「像監視器的照片那樣模糊嗎？」奈吉說，「監視攝影機拍的？」

「我哪知道？我只知道她是我在船上看到的女生。」

賽斯摩轉身走回他的位子。

奈吉拿了幾張漢堡包裝紙，付了酒錢，走向門口。

他離開酒吧，回到步道上，再次面臨先前的抉擇：船或房子。這次他朝碼頭走去。

奈吉不太懂船，通常他喜歡遠觀欣賞。他一面走向碼頭，一面努力說服自己沒必要檢查這艘船。

但他說服不了自己。他來到碼頭，走過一排排閃亮的船隻之間。

他找到齊佛頓的船。雖然他對船所知甚少，也馬上知道這艘船過時了。

與碼頭大多數的船隻相比，這艘船造型較不時髦，也沒那麼新。黃銅配件滿是汙漬，船緣因爲多年來重新上漆，累積了厚厚一層重油性海用瓷釉。

奈吉心想，會這麼做的人，一定將船視爲維生工具，卻負擔不起更高級的維修。

兩條平行的黃色警示帶隔開碼頭平台和齊佛頓的船。

警示帶能警告經過的人不要闖入，但並不構成實際的障礙。只要壓低一條，推高另一條，從中間穿過去，就能上船。

奈吉就這麼做了。

他小心翼翼把一隻腳從碼頭挪到船上，立刻就想起爲什麼他對這檔事如此不熟。

翻騰的胃不斷提醒他。他甚至不需要出海，光是感覺到水，聞到船隻馬達殘留的煙味和魚餌的臭味就夠了。

奈吉深呼吸幾次，叫身體不要理會船面將在腳下晃動，然後整個人站上船的甲板。船晃了起來。奈吉單手撐住船艙頂，穩住身體，朝船尾看去。

他看到兩個箱子。比較小的應該是魚餌箱，不重要，他也不打算看。

比較大的箱子長一百八十公分，寬六十公分，用來裝當天的漁獲。

奈吉不自在地往船尾走去，蹲下維持平衡，打開箱蓋。

他往內探頭，看到鋼板箱內融化的冰塊。

他掏出手機，打給鑑識科的歐席亞探長。

她說，「希斯？你在倫敦？」

「我在齊佛頓的船上。」奈吉說，「毫不費力就上來了——我是說沒有特別麻煩。現場有拉警示帶，但我很容易就穿過去了。而且看來在我之前，可能也有人動過警示帶。」

歐席亞說，「有什麼明顯問題嗎？」

奈吉說，「目前沒看到。」

「好吧，如果你發現有人闖入的痕跡，就通知當地警方。反正我們調查完了，船不是案發地點，齊佛頓在家遇害。希斯，你在想什麼？」

奈吉說，「我看到一個保冰箱。」

「廢話，」歐席亞說，「那艘是漁船啊。」

「箱子大到放得下一個人，」奈吉說，「如果用力塞，連齊佛頓這種成年男子都放得下。我在冰塊上沒看到血跡，但冰可能換過了。所以我想——」

「拜託，」歐席亞說，「別小看我。我們徹底查過船上有沒有人血，漁船甲板上那麼多生物殘留物，查起來可不容易。我們查了箱子，驗了冰塊和他的衣服。我們考慮過屍體可能用別的東西包起來，藏在保冰箱裡，運到房子棄屍。但事實不是這樣，希斯，他不是在船上遇害。」

「我懂了。」奈吉說，「所以你們很肯定死亡時間？」

「對。怎麼了嗎？」

奈吉說，「我有點懷疑妲拉．芮妮的不在場證明。」

「可別怪我。」歐席亞說，「是你哥哥和蘿拉．藍欽想到的。」

「大家都這麼說，」奈吉說，「但他們既然想到了，我覺得他們沒有別的辦法。先假定不在場證明沒問題好了。如果妲拉．芮妮沒有殺害漁夫，兇手就另有其人。你們有別的嫌犯嗎？」

「那是溫柏利的工作，不歸我管。我想問題在於動機，誰會想殺他？」

「也許兇手只是嫌他礙事，也許眞正的目標是他的同居人——妲拉．芮妮。」

「嗯哼。我知道很多人都不怎麼喜歡妲拉．芮妮，其中一位還是你的近親。問題是案發當時，這些人都不知道她還活著，更別說知道她跟漁夫住在肯維島了。希斯，你還有別的事要告訴我，還是我可以回去工作了？」

「妳在心理健康中心？」

「對，也不對，我不是病患。」

「有什麼線索能幫我找到芮妮嗎？」

「兇手在儲藏室拿鈍器砸了評估她的心理醫生頭部，他因爲嚴重頭部創傷過世了。有幫助嗎？」

「沒有。砸死他的凶器是什麼？」

「可能是鐵鎚，但我們還沒找到凶器，也沒找到她的指紋。」

「還有別的嗎？」

歐席亞說，「這大概沒什麼。」奈吉的脈搏快了一些。「但我覺得滿有意思的。這裡的員工說，麥納醫生嚴加控管可以放在候診室的讀物，他準備了各種主題的過期普通雜誌，還有至少一份當天的報紙。他喜歡拿病患的選擇來分析他們的狀況，所以兩名患者看診之間，他一定會回到候診室，把每本讀物放回原先中立的位置。妲拉．芮妮是他的最後一位病人，既然有人砸了他的頭，他當然無法回去，把她選的讀物放回原位。」

「我懂了。」奈吉說，「所以妲拉．芮妮逃跑前讀了什麼？」

「《太陽報》，」歐席亞說，「翻到娛樂專欄。這就有趣了，因爲——」

「因爲先前專欄刊出雷基和蘿拉的原始行程，妲拉・芮妮剪下報導，藏在房子地板下。」

「對。」歐席亞說，「當然醫生沒笨到給她剪刀，所以她沒剪下這篇，但她確實又翻到同一個專欄，只是日期不同。內文很短，要我唸嗎？」

奈吉說，「麻煩妳了。」

歐席亞有點誇張地開始唸。一會兒後，奈吉才意識到她在模仿八卦專欄作家的口氣：

「『蘿拉・藍欽大搬風：明星女演員不滿意原先的訂婚之旅行程，找上馬里波恩大飯店集團經理，替她規劃全新行程。詳細內容？保密到家，但我們確定她週日仍會抵達城堡（不然大家就要對她指指點點了）。』」

奈吉說，「所以妲拉・芮妮逃走當天讀了這篇專欄？」

歐席亞說，「看來沒錯。」

奈吉說，「謝謝妳通知我。」

他掛掉電話，離開船尾的保冰箱，走向中央的船艙入口。

先前警示帶封住了船艙入口。

現在門還是關著——但警示帶斷了。

奈吉打開門，走進去。

即使有人上船亂翻，從船艙上半部也看不出來。室內雖然不到一塵不染，倒也沒有砸得亂七八糟。無線電還在原位，既然這是唯一值錢又拿得走的東西，如果是小偷闖進來偷竊，顯然沒拿走什麼。

奈吉再次穩住身體，提醒自己只是在碼頭邊的小船上，不在海上。他走下幾階狹窄的樓梯，來到甲板下小小的休息區。

他看到一張小床，沒有被子。房內有一個不鏽鋼小水槽，以及通往船上廁所的窄門。沒什麼特別。

奈吉轉身離開。打開船艙門時，照入的陽光在船艙地面凸顯出一塊異樣的區域。地面木板塗著厚厚的清漆，經過拋光。地表積了一層普通的灰塵，雖然量很少，差不多就是漁夫過世以來三天累積的量，但陽光斜射一照，仍非常明顯。少許的灰塵到處都是，平均分布在地板上。

除了其中一塊木板。

奈吉蹲下來，從錢包掏出信用卡，把卡緣插進兩片相鄰木板間的窄縫，小心微微施壓。

木板動了。奈吉把木板挑起來。

表層地板下出現未上清漆的堅固木材。下頭沒有暗格，至少原始設計沒有。木板下的空間很小，比一張紙厚的東西都藏不住。

可是船還有出海的時候，把如此輕薄的東西藏在這兒實在太蠢了。紙片會移動，可能滑到地板下任何地方。

除非用東西固定。奈吉垂下臉，鼻子幾乎貼到地面。沒錯。木板下的粗木材有一個小洞，只有一個，看來是圖釘之類戳的。過去一星期左右，有人把東西藏在這兒——大概是一張文件。案發之後，最近那個人又回來，把東西拿走了。

奈吉站起來。小船前後搖晃，令他頭暈。

不過沒關係。肯維島上該知道的消息，現在他都知道了。

他可以下船，回到倫敦，搭上舒適安穩的火車。

25

達特穆爾國家公園依然下著傾盆大雨。那名穿著邋遢的可悲男子仍在路邊，動也不動站在泥巴裡，任雨水流下外套的袖子和遮住他臉龐的兜帽。

蘿拉說，「我們至少得看看他怎麼了。」

雷基倒車朝男子開去，驚險避開路旁的淺溝。

雨中的男子沒有動，只是繼續站著，手背在背後。

蘿拉作勢要搖下窗戶。

雷基說，「別開窗。」但來不及了。車窗拉下來後，蘿拉的臉清晰可見，暴露在外。對面男子的臉藏在厚重外套的兜帽下，他背後明顯藏著什麼。

「你好。」蘿拉對男子說，「你需要幫忙嗎？有什麼我們能——」

男子往前一跳，越過淺溝，雙腳著地，就站在蘿拉的車門前。他的肩膀突然一動，左右手臂分別從兩側往前甩，雙手在中央相會，抓住一項裝置對準蘿拉的臉。

閃光燈一閃、再閃、又閃，相機自動飛快拍了起來。

雷基打到前進檔，把油門催到底。前輪空轉一下才咬住地面，後輪甩尾出去，幸好沒有掉進淺溝。捷豹跑車驚叫著衝上路，車尾濺起泥巴和雨水。

蘿拉搖起車窗。大概有三十秒，他們之間寂靜無聲。

然後：

蘿拉說，「嗯。」她抹掉臉上殘留的幾滴泥水。

雷基什麼也沒說。

「沒關係，」蘿拉說，「你就說吧。」

雷基說，「不要。」

「最後一次機會喔。」蘿拉說，「你不能存起來以後再用。」

「好吧，」雷基說，「妳堅持的話。」他等了一下，試圖把話吞下去，但做不到：

「我早跟妳說過了。」

蘿拉同意般點點頭，直直看著前方。

他們又開了一小時。天還沒黑，但雨絲成片打在擋風玻璃上，能見度幾乎是零。放眼望去，四周一片漆黑，不管是兩側的荒野、現在看不見的天際線，還是頭上陰鬱的天空。

雷基估計，他們距離城堡仍有快兩小時的車程。

蘿拉打起瞌睡。雷基眨眨眼。

這時引擎嘎嘎響了一聲。

聲音很微弱，雷基希望是他聽錯了。

然後引擎又叫了。他查看溫度計。紅指針超過中間點，還在繼續攀升。

雷基心想，他該叫醒蘿拉警告她，還是放任即將襲來的災難自行發生？好險就在這時候，前方遠處左側出現幾個亮點。一個霓虹標誌。「達特穆爾高級旅館」，正如飯店經理所說。

雷基轉上他看到的第一條岔路，希望他沒猜錯。

他猜對了。隨後一公里路上，標誌越來越近。他開下主要道路，來到通往旅館的車道。

開到旅館前的圓環時，輪胎從柏油路駛上碎石路，聲音一變，吵醒了蘿拉。她坐起身。

「喔，」她說，「要休息一會兒？」

「沒辦法。」雷基說，「我得檢查一下車。我相信七點前還是到得了妳阿姨家。算我們運氣好，飯店替我們特別做了安排。」

這間旅館顯然很小，由農舍改建，約八到十個房間，工作人員大概也有限。

「我想，」蘿拉說，「廚房應該關了？」

「只要他們真的有空房，我就很滿意了。」雷基說，「不過我很高興妳帶了洋芋片。」

他們下車，關上車門。櫃台服務生年約四十歲，走過來接待他們。

「啊，」他說，「您是蘿拉・藍欽吧？」

蘿拉點點頭，雷基則打開後車廂要拿行李。

服務生說，「兩位的房間準備好了。如果需要點吃的，跟我們說就好。」他示意要替雷基拿公事包。

「我拿就好。」雷基說，「不過麻煩你把後車廂的行李拿進來。」

服務生說，「當然沒問題。」他從後車廂抓起兩個行李箱，然後指著公事包說：「如果需要，我可以替您放到保險箱。」

「謝謝，不用了。」雷基說，「我想我們只會待一、兩個小時，就會上路了。」

「您的車還好嗎？」服務生說，「我好像聽到聲音。」

「我猜只是需要降溫。」雷基說，「不過可以請你找技工看一下嗎？」

「當然。」服務生說，「我來安排。」

「哇，裡面看起來好溫暖好舒服喔。」他們走向大門口，蘿拉悄聲對雷基說，「我們一定在走我的飯店運了，不是你的。」

服務生說，「那請跟我來。」雷基和蘿拉同時回頭。

男子沒有跟他們走向大門口，反而拿著行李，示意他們往另一個方向走。

「我們安排兩位入住特別套房。」他用行李指向主建築斜後方約五十公尺的灰泥石造小屋。「以前是牧羊人小屋，非常隱密，特別設計並預留給新婚夫妻或剛同居的伴侶，以及給貴賓在特別的日子使用。往這邊走。」

雷基和蘿拉不情願地從大門口轉身。

雷基說，「看來我們還是在走我的飯店運。」

他們走過嘎吱作響的碎石路。雨勢暫歇，但空氣變得冰冷刺骨。

櫃台服務生打開舊牧羊人小屋的門，替他們開啓室內燈。

「嗯。」蘿拉四處看看。「果然翻修過了，對吧？」

確實沒錯。雷基環視四周，點點頭。所有的現代便利設施一應俱全，彷彿把倫敦中階飯店的套房內裝塞進陳舊的石牆內。

蘿拉說，「眞的一點也不賴。」然後她補上一句，「不過有點涼。」

「對。」服務生已經準備離開。「不過打開火爐後，馬上就會暖起來了，調溫器就在牆上。祝兩位愉快。」

蘿拉打開一個行李箱，開始把東西拿出來。

雷基走到調溫器旁，把溫度設成接近正常的室溫。

冷到發抖的幾分鐘過去了。

火爐不是嵌入牆面的強制熱風暖氣，而是燃燒汽油的耗材品，裝在前廳牆上。爐子沒有發出聲音，也沒有任何反應。雷基跪下來仔細查看，接著拿起電話，打給櫃台。

雷基說，「火苗感覺沒有點燃。」

「喔，別擔心。」櫃台服務生說，「您在右下角會看到火苗開關，很明顯。操作方法非常安全，簡單到連小孩都會。只要按下開關，轉動就會點火，接著您想把溫度調得多麼暖烘烘都行。」

「可是，」蘿拉說，「我覺得聞到汽油味。」

雷基對著話筒說，「我們覺得聞到汽油味。」

「胡說。」櫃台服務生說，「兩位只是聞到泥沼的味道，大家總是搞錯，以爲聞到怪味。不用擔心，只要蹲在火爐旁，照我說的指示操作就行了，不用怕。」

「我才不怕，」雷基說，「我只是覺得你應該——」

「今天下午，火爐工程師才從馬里波恩大飯店總部過來，親自檢查過。」夜班服務生說，「火爐狀況良好，也很容易操作，我奶奶都會。」

「那我建議你馬上派你奶奶過來，因爲我們就是弄不好，又快冷死了！」

短暫沉默一會兒後：

「好吧。」夜班服務生說，「我會盡快過去，不過可能要等一會兒，因爲突然有大批湧入。」

「動作快點。」雷基懶得問什麼大批湧入，「否則我們就要在大堂紮營了。」

「喔，不好意思，依照公司規定，您不能隨處紮營。我們會馬上修好您的調溫器。」

雷基走回火爐，四肢著地趴下來，試圖往內看。

蘿拉說，「你不會想自己來吧？」

雷基說，「開個火爐我還行。」

蘿拉說，「我覺得這是那種特別的手提式火爐。」她一面說，一面穿上外套。

雷基說，「妳要去哪裡？」

「要不回車上拿我的小袋子，要不就出去一下。因爲你把自己炸飛的時候，我可不要站在你旁邊。」

「等妳回來，看到我把房間弄得熱騰騰暖烘烘，」雷基說，「妳就會改觀了。」

雷基蹲下來，看向火爐內部的黑暗構造，準備按下火苗開關，再轉一次。

蘿拉在門口停下來。她本來希望雷基能離開火爐，跟她一起出去拿袋子，她就能誘導他到大堂，等專家來處理。

可是雷基看穿了她的詭計。

所以她沒辦法走。她繼續站著，離他幾公尺遠，打從心底感覺大難臨頭。

她屏住氣，暗自禱告。

禱告完後，蘿拉說，「雷基。」

她又說了一次，「雷基。」

「怎樣？」他抬起看著火苗的頭。

「我發誓我聞到汽油味。現在我要走了，」她說，「你要跟我一起來。」

26

旅館大堂的服務生結束與雷基的對話，正打算回頭繼續打盹，因爲根本沒有旅客大批湧入。

但他突然從椅子上跳起來，立正站好。

意料之外的一個人走進門，她比任何客人都重要多了。

走進門的是海倫·雷德馮本人。服務生在集團訓練影片和他身後牆上掛的照片中看過她，加上她走來的姿態，他馬上認出她來。

她似乎頗爲不悅，懶得對他好言相向。他知道他完蛋了。

她說，「這種天氣客人抵達時，我希望你要走到外面迎接他們。」

「是，小姐，我很抱歉。我……我以爲今晚不會有人來了。」

「你是說所有訂房的客人都到了？」

「是的，小姐。」

「包括昨天我打電話通知你的貴賓——蘿拉·藍欽和雷基·希斯？」

「對，他們才剛到，我馬上就出去接待他們。」

「你有表示要幫忙拿行李嗎？」

「當然。」

「你有表明可以把他的公事包放到保險箱嗎？」

「有，小姐，但他不肯放手。」

海倫說，「好吧。」她在大堂站了一會兒，思索該怎麼辦。司機把她的行李從加長型禮車拿下來。

她問道，「有記者入住嗎？」

「記者？」

「有媒體工作者在附近閒晃嗎？」

「我……我認爲沒有。您爲什麼要問？」

「當我沒說。」海倫說，「蘿拉・藍欽和雷基・希斯到的時候感覺如何？」

他說，「我……我不太懂您的意思。」

「他們有特別提到什麼嗎？急著想打電話之類的？」

櫃台服務生遲疑了一下，然後說，「他顯得很焦躁，又擔心他的車，她看來急著想取暖。我護送他們到牧羊人小屋，跟他解釋怎麼點燃火苗，雖然他感覺有點笨。」

「所以公事包還在他們手上？他們拿進小屋，沒有留在車上？」

「對，小姐。他拿下車，帶進小屋了。他不讓我碰。我在小屋裡有看到。」

海倫點點頭，轉過身。

然後又轉回頭來。

「爲什麼火苗熄滅了？」她說，「火爐不是沒問題嗎？」

「喔，當然，小姐。您派的工程師下午檢查過，他說沒問題。」

海倫說，「我下午沒有派工程師來。」她盯著櫃台服務生。「我根本沒派任何人來。」

櫃台服務生聳聳肩。「有人開馬里波恩大飯店的卡車過來，說要修理火爐。」

「可是你們沒有人打電話請他來？」

「沒有，小姐。」

「眞奇怪。好吧，你有替他們點燃火爐嗎？」

「沒有，小姐。工程師說這是新的公司規定——客人要自行點燃火苗。」

「胡說八道。」她說，「我們絕對不會——」

她猛然停下。

「他只修了那個火爐？牧羊人小屋的？」

「對，小姐。」

海倫轉身走出旅館大堂，來到冷冽的室外。

小屋吹來的風帶著一絲汽油味。

她停下來。她不願相信，但她隱約猜到會發生什麼事。

一開始，她心想反正現在也來不及挽回了。全部都是哥哥的計畫，與她無關，他要為此負責，不是她，現在她不為所動，最終反而對她有利。為了她的利益著想，她應該轉身走回大堂，招來禮車司機，馬上離開現場。

她決定這麼做。她回到大堂，走向緊張的服務生，正要請他把行李拿回車上。

這時越過服務生的肩膀，她的目光又看到那張照片——一九四四年炸毀的酒吧。看來為了創立百年紀念，這張照片眞的分發給集團每間飯店了。

她盯著照片。先前在飯店看過後，她便一直很在意。

不只是因為仔細看的話，可以在傾倒的司諾克撞球桌後瞥見屍體一角。

她很在意她的兒時記憶似乎開始轉變。

這一輩子，或許因為周圍大人都這麼說，她總是相信二樓地板塌陷前，是父親把她抱出碎石堆，逃到街上。

但她一直無法把這件事與其他的記憶拼湊起來。她記得自己茫然靠著牆，看父親的屍體動也不動躺在眼前酒吧的地上，同時感到兩隻強壯的手抓住她的腋下，把她舉起來，抱著她逃離灰塵和混亂。

假如這些記憶沒錯，那就不是父親救了她。

現在她盯著照片，看著司諾克撞球桌後方男子屍體微微露出的黃褐色制服。然後她知道了，她想起來了，記憶如潮水般湧來。

那名美國上尉。當時她根本不認識他，父親才剛見過他。是美國上尉救了她。

接著他馬上又跑回酒吧。

那時她哭著轉身，也想跑回去找父親，但路人制住了她。她只能眼睜睜看美國人跑回去，她爺爺和哥哥也跟在後頭。

彷彿過了一輩子後，爺爺和哥哥又出來了。

但只有他們。

她的父親和美國人沒有出現。

然後傳來震耳欲聾的吼聲，房子一震，粉塵一飛衝天。二樓地板承受不了沉重的司諾克撞球桌，在她眼前垮了下來。

海倫現在記得非常清楚了。當年發生的每件事，依照正確的順序。

帶著清晰的記憶，她再次走出去。

她聞到牧羊人小屋傳來的易燃汽油味。

她朝小屋跑去。

27

奈吉從肯維島搭公車到巴金站，然後轉搭地鐵到倫敦帕丁頓火車站。

如果想從肯維島前往位在紐奎的達比莊園，又不想開車，就只有這個方法。他很肯定妲拉・芮妮不會想開車。

如果只需要比雷基和蘿拉提早抵達城堡，她甚至可能就搭了這班火車。妲拉・芮妮極有可能只有這個目標。

深知這一點，奈吉找到位子後，等火車開出車站，他就到其他車廂晃了一圈。他沒有看到她，不過火車上有很多方法能躲起來。

況且她可能料到奈吉、蘇格蘭場或其他人會來追捕她，搜查帕丁頓火車站，所以她也許會從其他車站上車。

不過目前奈吉沒看到她。他回到自己的位子。

妲拉・芮妮可能搭上前一班車，但他希望沒有。即使她較早出發，由於穿越達特穆爾的道路有限，奈吉預計他能比雷基和蘿拉早幾個小時抵達，這樣就夠了。他們到場前，芮妮都無法對他們下手，所以奈吉還有時間。

一小時二十分鐘後，奈吉必須在艾希特轉車。他查看發車時刻表，拔腿狂奔，剛好趕上正要離站前往紐奎的火車。

他讓一對帶傘和行李箱的老夫婦先上車，然後迅速走向車廂尾端。途中他撞到一名穿灰西裝的男子，男子選了前端的座位。

奈吉感到有些怪異，但仍繼續前進。

他在車廂尾端找到位子，旁邊和對面都是空位。這個位置不錯，可以看到走進車廂的每一個人。他坐下來。

洛杉磯飛來的紅眼班機又長又顛簸，奈吉在機上沒睡，抵達後也沒睡。他現在也不打算睡，但火車的節奏令人寬心，他逐漸失去意識。

然後他醒了過來。

「對不起。」現在坐在他對面的女子說，「我不是要打擾你，但點心車來了，我覺得你不會想錯過。我記得職涯治療時，你說你喜歡雞肉沙拉和美式咖啡。」

奈吉認出她的聲音，接著看到那對翠綠的眼睛，完美工整長在蒼白的臉上，她的整張臉裹在黑色絲絨毛衣的兜帽裡。

由於她的穿著，他無法從遠方認出她來。她甚至可能從頭到尾都跟他搭同一班車。剛倒好的咖啡放在奈吉面前的折疊桌上，還冒著熱氣，咖啡香招喚著他。但他沒有動，盡量不要露出驚訝的表情。

他說，「妳沒有打擾到我。」他迅速喝了一大口咖啡，即使還有點太燙。

「喔，」她說，「我會錯意了。我以爲我曾經惹到你。」

奈吉說，「妳要去哪裡？」

妲拉．芮妮說，「我想跟你一樣吧。」

「妳去的目的是？」

「關於什麼？」

「關於一切。」

「我不是要去跟你睡，」她說，「如果你想問這個的話。」

「並不是。」

「那次約好治療後的晚上小約會，抱歉我遲到了。」她說，「多久了？超過兩年前？我猜你沒等我就自己開始了？」

她翹起腳，順勢擦過奈吉的腿。

「好久以前了。」奈吉忽略她的觸碰。「妳記得這段期間妳做的每件事嗎？」

妲拉．芮妮垂下眼，攪攪她的茶，然後抬起頭。

「嗯，」她說，「我知道我做了什麼。」

「有人說妳用力撞到頭，有點失憶。現在妳知道妳是誰嗎？」

「我知道我過去的為人，現在也知道我應該是誰。」

「妳知道雷基・希斯是誰嗎？」

「我完全知道他是誰，也知道他做了什麼。」

聽起來不太妙。

奈吉說，「妳有吃藥嗎？」

「有。」她說，「我知道我需要吃藥。」

「六個月前——妳跌進泰晤士河前——妳想要替死去的太祖父報仇。」奈吉說，「真要我說，妳實在記仇太久了。妳還打算復仇嗎？」

她說，「不然我搭這班車做什麼？」

奈吉深吸一口氣，看向車廂前端。穿灰西裝的男子還在那兒。

「車廂前面那個男的，」奈吉說，「他跟妳一夥嗎？」

妲拉說，「長得很高，穿灰色高級西裝那個？」

「對，」奈吉說，「他外套裡有槍。」

妲拉・芮妮說，「我從來沒見過他。」

「很好。」奈吉說，「我猜他是蘇格蘭場的臥底探員，我要叫他過來了。」

「我建議你不要。」

「為什麼？」

「我想你錯了，他不是蘇格蘭場的人。」妲拉・芮妮說，「而且你看，他現在沒有槍了。」她一面說，一面將一把口徑九釐米的貝瑞塔手槍放在面前桌上，槍口對著奈吉。

「他不是妳的人，也不是蘇格蘭場的人。」奈吉說，「那他是誰？」

妲拉・芮妮沒有回答。火車開到彎道，拉響汽笛。

「我們快到了。」她說，「有件事我認爲應該告訴你。」

她從包包拿出一個紙箱，比鞋盒稍微小又扁一點。她把箱子放在他們之間的桌上，再把旁邊的槍拿回來，擺在大腿上。

奈吉說，「這是蘇格蘭場的證物箱。」

妲拉・芮妮說，「當然啦。」

「了不起。妳怎麼拿到的？」

她聳聳肩。「蘇格蘭場棘手的地方，就是第一次如何進去再出來。」她說，「我自首的時候蒐集了所有需要的資訊，一旦進去，只要仔細觀察，很快就會知道東西在哪裡，有哪些程序要遵守，該如何僞裝，如何自由移動。當他們全員出動追捕我，我輕易就闖了回去。等我完成整個計畫，他們聽說了應該會有點尷尬吧。不過我認爲蘇格蘭場該鬧點醜聞，已經等太久了。」

奈吉覺得最後一句話很奇怪。

他說，「怎麼講？」

她看向窗外，奈吉也跟著轉頭。

火車接近隧道。

「如果你真的想了解我，」她轉回頭面對紙箱，「你可以看看裡面。」

她的雙手流連在盒子上，手指撫摸封起的邊緣。「你應該會想看。我記得一起接受治療的時候，你很介意贏了案子，卻發現當事人不是表面看來的樣子。」

終於，她不情願地打開紙盒。

奈吉忍住衝動，沒有傾身往內看。她越來越坐立難安，他不想壞了機會，於是他繼續等。

妲拉・芮妮探進盒子，拿出一張單頁文件。她把有字的一面朝向自己，對摺一次，放進外套的內裡口袋。

「這張現在暫時由我保管。」

她終於把打開的盒子稍微推向奈吉。

奈吉小心翼翼抓住盒子兩側，準備拉過來仔細瞧瞧。

這時車廂照明微乎其微地變了，燈光一閃，幾乎無法察覺。

奈吉直覺先看向妲拉・芮妮。她一臉驚訝，表示她也注意到燈光改變。

接著他看向車廂盡頭，身穿灰西裝的高大男子原先一直站在那兒。

他不見了。

火車開進隧道。

四周陷入徹底的黑暗，寂靜無聲。奈吉聽不到人聲，至少沒有認得出來的聲音。他只聽到火車疾駛的颼颼聲，以及進入隧道後的回音。

車廂的燈不應該熄滅。哪裡不對勁。

奈吉直覺抓緊紙盒。

他想到或許他應該伸手拿槍才對，但現在來不及了。

火車疾馳掠過隧道牆上的小黃燈，在烏黑的室內造成閃光的效果。奈吉感到走道上有動靜，有一個或兩個人走過。就在他覺得追究也沒意義時，他聞到一抹妲拉·芮妮的香水味。她開始行動了。

火車駛出隧道。妲拉·芮妮不見了，槍不見了，她從盒子裡拿走的信不見了，不過奈吉手上還緊抓著紙盒和裡頭其他的東西。

奈吉站到走道，朝兩側張望，但他沒看到妲拉·芮妮的蹤影，也沒看到先前站在車廂另一端的男子。

火車逐漸慢下來，廣播系統響起車掌的聲音。

奈吉站著，腋下緊夾著證物紙箱。他沒有時間在火車上再找她一次了，最好的方法就是趁她下車時逮到她。他開始往車頭前進。

火車完全停下來，車門打開。奈吉馬上擠過其他乘客，來到月台上，迎向沿海起霧冷冽的空氣。

他靠著月台牆壁，仔細看。

車站不大，只有一個室外月台，以及頂棚遮蔽的票亭和點心鋪。她一定會在這裡下車，沒道理留在車上搭到下一站。

即便如此，他還是找不到她。霧實在太濃，能見度只有幾公尺，從火車兩端下車的人又太多，超乎他的預期。

太多戴帽子、穿大衣的人到處走動了。妲拉・芮妮可能藏身其中，或在車上躲到最後一刻，等他先走，或者她可能在他之前就下車了，沒被發現。

他不能冒險等下去。如果她要直接前往城堡，他非得比她早到才行。他迅速從月台走下階梯，來到路邊的計程車招呼站。

前頭兩輛車已經開走了。第三輛計程車剛開來，放乘客下車，奈吉必須等他們把行李拿出來。

他好不容易坐上車，把小旅行包丟到後座，抓著紙箱，請司機載他到達比莊園城堡。

28

奈吉的計程車開上悠長的卵石車道，在兩側高聳的岩槭樹簇擁下，接近達比莊園。

左側隔著草地的遠方，可以看到一小片樹林的邊緣，八成是奈吉聽說的莊園野鹿園。

右側也是草地，還有一棟石造園丁小屋。再過去一點五公里左右都是滿布石塊的稀疏荒野，奈吉知道最終會來到大西洋邊的懸崖。

達比莊園就在眼前。主屋周圍沒有城牆或圍籬，但小路上有一道柵門。奈吉很慶幸看到今天柵門關著，有人看守。

計程車停下來，身穿制服的守衛從柵門旁設置的臨時小棚走出來，手拿記事板。

「晚安。」男子愉悅地說，「不好意思，請問您的大名是？」

「奈吉．希斯，我在名單上。」

「啊，沒錯。」男子看著記事板上的名單說，「我看到您的名字了。請進吧，開到噴泉就會看到圓環。」

「等一下。」計程車司機還沒前進，奈吉就說，「所以你不看我的有照證件？」

「呃，對。」守衛說，「即使客人提供了，我們也沒有資料比對。」

「你也沒有檢查車子的後車廂？」

「沒有。其實我們不太認爲這裡需要保全，頂多驅逐惱人的攝影師，不過莊園管理員說他會負責。如果您想要，我可以把您攔下來，等莊園女主人派人來替您擔保。」

「不用。」奈吉說，「我頗確定我不構成威脅。不過你有沒有看到一個嬌小的年輕女生，頭髮烏黑，眼睛顏色跟那邊的草原一樣？」

「沒有，先生。」男子說，「我相信如果您提供這些條件給婚友社，他們會盡力幫您找到對象。」

「那就不打擾你了。」奈吉說，「不過如果你看到她，別讓她進來，先打電話到莊園找我。」

守衛拉開柵門，讓計程車開過去。

計程車沿著車道前進，繞過中央噴泉，停在城堡正門前。

奈吉猜測這棟三層建築大概有五十幾間房間。雖然城堡保有原始結構，卻不像沿海較大的城堡和廢墟，散發出籠手劍和十字弓交戰的歷史氛圍。這座城堡的建造年代相對近，大概在十七世紀，後來大概又翻修過，用賞心悅目的桃色灰泥和油漆蓋住原先沉重的石材。

奈吉心想，如果想靠旅行團支付城堡的修繕費用，最好還是文明點，別嚇到來訪的美國人。

城堡內自然有負責管理的員工。一名管家在門口迎接奈吉。男子自稱史賓賽，看起來跟車道兩側的岩槭樹一樣老，但高度差多了。奈吉從沒看過矮的管家，他總以爲身材高挑是這項工作的必備條件，才能督導下屬，威嚇賓客。

管家的頭快禿了，但他用某種定型膠——搞不好是燭蠟——把剩餘幾撮頭髮梳過頭頂。他的努力太明顯，散發滿滿的挑釁意味：他知道他在遮掩禿頭，而且非常自豪。倔強梳著頭的管家意外手勁也很強。他試圖拿走奈吉的蘋果電腦、旅行袋和紙箱，奈吉交出旅行袋和電腦，但繼續抓著盒子。

「我帶您去見達比夫人。」管家的聲音清晰傲慢，完全符合他的身分。

管家護送奈吉走向城堡後端，來到俯瞰後院的起居室。蘿拉的阿姨梅波——對外人來說，她的正式名稱是達比夫人——和兩名提早抵達的客人在喝茶。

蘿拉的阿姨說，「你一定是雷基的弟弟奈吉。」

奈吉推測道，「因爲蘿拉說兄弟當中長得超帥的就是我？」

「啊，我相信你說的也沒錯。不過蘿拉說你會輕裝簡從，而且會曬成壓力大又灰撲撲的膚色，據說現在洛杉磯的人都長這樣。」

奈吉說，「也有道理。」

梅波阿姨看來大概七十歲，或許再老一點。她很高，臉有點長，講話速度閒散，奈吉覺得反映了她的智慧，以及面對人生安逸的態度。

她介紹奈吉認識一起用茶的兩位賓客。艾希頓—鐵蒂夫人是一名六十多歲的女演員，最近大多投身公益活動。去年她和蘿拉捲入跟塑膠鴨、保育紅松鼠和炸彈危機有關的事件，事後便熟識起來。鐵蒂勳爵據說曾揚言要帶雷基去河邊，教他如何飛繩釣鱒魚，不過雷基得準時到才行。

奈吉說，「所以蘿拉和我哥還沒到？」

「還沒。」梅波阿姨說，「別擔心，距離晚餐還早。」

「我很期待。」奈吉說，「我可以借用妳的電話嗎？」

管家帶奈吉去用一樓書房的電話。奈吉等他離開房間，才打給蘇格蘭場。

溫柏利一接起電話，奈吉就說，「我看到妲拉・芮妮了。」

「在哪裡？」

「前往紐奎的火車上。她就在附近，但這裡的保全只有一名當地警官，負責迎接開車來的客人。除非你派了臥底探員在火車上，也許是獲准持槍的警員？」

「沒有。」溫柏利說，「我沒派人，我部門的持槍警員都不在那附近。你到城堡了？」

「對。」

「你哥哥和蘿拉也在？」

「沒有，他們還沒到。」

話筒另一端靜了一下。溫柏利把話筒放下，跟下屬確認事情，又拿起電話。

「你確定你看到的是妲拉・芮妮？」

「我親口跟她說過話，溫柏利。而且她有槍。」

話筒另一端又靜了一下。這次溫柏利沒向人問話，只是在消化這個大消息。

「我會試著派人過去。」他說，「我希望天氣別變，有個風暴從北大西洋過來，到時候那些小路就不能走了。風一大，有時候連直升飛機都到不了。」

奈吉掛了電話。蘇格蘭場已經給了最理想的回應，但他仍擔心可能來不及。

他在書房中央的桃花心木書桌坐下，準備檢查紙箱內的東西。

然而書房門打開，管家探進頭來。

奈吉不太懂禮節，不過這傢伙不是應該先敲門嗎？

奈吉說，「怎麼了嗎？」

「如果您講完電話了，」男子說，「我該通知達比夫人您會一起用茶嗎？」

「謝謝，不用了。」奈吉闔上紙盒。「我可以拿回我的電腦嗎？我想在莊園四處走走。」

「我希望您沒有打算繞整個莊園一圈，」管家說，「那要花上一整天。」

「我只是想伸展一下雙腳。」

「先生，我希望您沒有打算走去荒原。」管家說，「接下來會稍微變天。」

「啊，」奈吉說，「至少你沒有警告我滿月的晚上會聽到詭異的哭嚎。」

管家起初一臉茫然看著奈吉，然後他說，「先生，我當然不會說這麼上個世紀的話。」

「謝謝你。」奈吉說，「我保證不會超越草地。」

奈吉走出書房時，管家說，「先生，需要我替您收起來嗎？」史賓賽似乎想用奈吉的電腦交換蘇格蘭場的證物箱。

「不用了，」奈吉說，「我帶著就好。」

管家護送他經過起居室，奈吉朝梅波阿姨和她的朋友揮揮手。他們走出其中一扇後門，來到莊園的步道。

奈吉說，「我本來希望有護城河。」

「以前有，」管家說，「現在用堆肥和鱗莖植物填起來了。不過如果您喜歡，我可以在您下次來訪前，請園丁恢復原狀。」

「太感謝你了。」奈吉說，「有需要我會跟你說。」

管家回到屋內。奈吉四處張望。

草地和花園的矮樹叢朝四面八方延伸超過一百公尺。

北方可見奈吉搭車進來的路，兩旁種滿岩槭樹防風林，遮蔽住那個方向開來的所有車輛，直到他們來到柵門擋住的馬路。太可惜了，不過晚上應該看得到頭燈。

東方和南方則是標示荒原邊緣的樹籬。

奈吉走上往西的小徑。快步走十分鐘後，他來到只有一個房間的石造園丁小屋。他站在小屋前，回頭望向城堡。太陽在他身後落下，雖然還不到黃昏，陰影已開始籠罩城堡。空氣迅速變冷，風也越來越大。

妲拉・芮妮的方向感那麼差，不太可能嘗試穿越森林溜進來。她也不會爬上懸崖或橫越荒野，這種突擊隊的作法就是不太可能。

所以無論如何，妲拉・芮妮都必須通過那道柵門，從正門進來。至少這是奈吉最合理的推測了。

目前光線還夠亮，可以從這裡監看。距離盛大的晚宴開始，還有一小時。

奈吉走進小屋，在中央一張作工粗糙的桌子坐下，視線透過窗戶可以看到柵門。勉強確定不會有人來打擾後，他終於把證物箱放在桌上打開。

一股紙張腐朽的霉味飄出來，奈吉馬上知道紙箱裡的東西比箱子舊多了。妲拉・芮妮一定把資料從更舊的盒子挪過來，才從蘇格蘭場的資料庫帶走。

奈吉輕觸盒內兩樣東西的邊緣：上頭是一張紙，下面的東西比較厚，而且裝訂好了。

他小心拿起那張紙。看到下頭是什麼後，他先把紙放在一旁。

紙盒底部放著一本《河濱雜誌》。奈吉在博物館看過一本，這本看起來很類似，大約有百年歷史，即使小心保存，也逃不過時間的摧殘。

有一頁的上緣角落折了起來，顯然是當作書籤。一定是好多年前折的了，因爲現在一折紙就會破了。

奈吉小心翻到那一頁，看到故事標題：

亞瑟．柯南道爾寫的「最後一案」。

有道理，而且妲拉．芮妮拿著走來走去也不意外。尤其現在看來她仍精神錯亂，深信她的祖先是小說角色莫里亞提，遭到夏洛克．福爾摩斯殺害，而不知爲何，雷基就是福爾摩斯。

不過這本雜誌居然保存在蘇格蘭場，倒有點意外。

奈吉把小雜誌放回盒子，將注意力轉向蓋在上方的紙張。

紙只有一張，完好無缺，邊緣沒有碎裂，存放時沒有對摺，所以也沒有摺痕撕裂紙面。然而紙張還是陳舊泛黃，跟下方的雜誌一樣有年紀。

紙面上印著打字機的字，從鈍鈍的印記和稍嫌不齊的行距來看，機器也很有歷史，色帶的墨水都褪色了。

即便如此，字還是勉強看得見：

敬啓者：

現在的倫敦即使未到危急存亡之秋，也絕對危險至極，否則我不會代表蘇格蘭場採取此等方案。我在此承認這些行動，並簽署本文件，未來若有人問起，下述此人承受的痛苦與展現的勇氣才能公諸於世。

在此公告，十二月十七日遭到殺害的詹姆士·莫里亞提，實爲美國特務詹姆士·史密斯，受雇於蘇格蘭場特殊分支。他以詹姆士·莫里亞提之名所行之事，實爲了捍衛正義，爲國服務。其死因並非如同報紙報導，而是在碼頭區遭到名爲雷吉爾的惡人謀殺。應其遺孀要求，本文件將永久保存於蘇格蘭場。未來任何具備良好理由且在意此事之人，皆可詳讀、公開資料，並了解眾人口中的詹姆士·莫里亞提此生充滿勇氣，活得極有尊嚴。

簽署於一八九三年十二月二十日
蘇格蘭場特殊分支，查爾斯·史坦迪佛探長

妲拉·芮妮費盡功夫，從蘇格蘭場資料庫偷了這份文件。

爲什麼？

奈吉想花點時間思考，但他沒機會了。屋外某處一道閃光刺穿暮色，從窗口一閃而過。

奈吉拿起盒子，走到小屋門口，朝東邊主屋看去。二樓窗戶流洩出亮黃色的燈光，工作人員開始布置餐廳了。

他往北看向柵門。一輛加長型禮車開到門前，後頭跟著一輛較小的車，八成是狗仔隊。更多車輛抵達，頭燈在樹木之間閃爍。

沒多少時間了。奈吉把兩份文件放回盒子，拿著走回城堡。

風越來越強，雨滴開始落下。溫柏利緊張兮兮擔心天氣，搞不好還真給他說中了。

奈吉走到大門，敲了幾下。

門馬上打開，管家又出現了。

他開口說，「您好，歡迎來到——」然後他停下來。「喔，是您。」

奈吉說，「對。」

管家有點冷酷地說，「我很慶幸您沒去荒野。」

「我也是。請教你一個問題：你有賓客名單嗎？」

「當然。」

「我可以看嗎？」

管家皺起眉頭。這個要求非常不尋常，不過奈吉是座上賓的弟弟，他也就不再堅持。他轉身走進衣帽間旁的小房間，拿著夾在記事板上的名單回來，還附帶一支標記名字用的螢光筆。

奈吉掃過每個名字。

他說，「你畫紅色的這兩個人是誰？」

「知名狗仔。」管家說，「會預留一些指定的拍照機會給他們。如果他們有興趣，艾希頓—鐵蒂夫人尤其喜歡入鏡。」

「他們到了嗎？」

「對。」

「你有檢查他們的證件嗎？」

「先生，他們很難認錯。」

「這些畫黃色的人是誰？」

「其他抵達的賓客。」

奈吉詳讀這些名字。

「你認得每個人，確定都符合他們自稱的身分？」

「是的，先生。我可是致力於鑽研報紙的社會版。」

「名字沒畫顏色的賓客還沒抵達？」

「對。」

奈吉說，「我看到有一個名字劃掉了。」

「巴克斯頓勳爵，先生，出版界大亨。」

「對，」奈吉說，「我知道巴克斯頓是誰。」

「藍欽小姐說他在鬧脾氣，應該不會出席。本來這樣座位安排就不平均了，但現在有人頂替他的位子。達比夫人堅持要邀請至少一位某個領域的大亨，剛好昨晚有一位來電，說他人在附近，所以這些位子有人坐了。達比夫人非常滿意這意外的巧合。」

「頂替他的人是誰？」

「哈洛·雷德馮。」管家說，「飯店界大亨，還有他妹妹。」

「什麼？這傢伙連正常的女伴都找不到？」

管家朝奈吉挑起一邊眉毛，畢竟他擺明也是隻身抵達城堡。

「別這樣看我。」奈吉說，「如果機票買一送一，我就會帶女伴來了，可惜沒這麼好康。不過正式婚禮的時候她會來，瑪拉還是伴娘呢。」

「當然，先生。」

「我說真的，」奈吉說，「我也有多采多姿的人生，只是重心大多不在倫敦。」

「當然，先生，我沒有質疑您的意思。只是告訴您一聲，飯店大亨的妹妹會陪他出席，因爲他們是工作夥伴，那個飯店集團顯然是家族企業。」

「邀請一位卻得到兩名大亨，」奈吉說，「眞划算。」

管家說，「我聽到時也是這麼說。」

「好吧。」奈吉對剩餘的名字沒有意見。「我想你應該知道，絕不能讓名單以外的人進來城堡吧？」

「向來都是這樣，先生。」

「嗯，但今天特別重要。樂團呢？晚宴有雇用樂手嗎？弦樂四重奏之類的？」

「確實有，先生，因爲我們沒有卡拉ＯＫ機。」

「你也查證過他們的身分？」

「他們都是達比夫人的姪外孫子和姪外孫女，或姪外孫子跟姪外孫女的同居人。我們很熟，他們就像我的小孩，而且我對他們的關愛也差不了多少。」

「好吧。」奈吉說，「我想我該去我的房間，爲晚宴準備了。等雷基和蘿拉到了，你會通知我吧？」

「當然。我帶您去房間。」

奈吉跟著管家走向大廳中央的主階梯。他們經過一個小房間，透過打開的門，他看到約六名身穿司機制服的男子，一邊抽菸一邊打牌。

奈吉和管家走過時，其中最高的男子短暫抬起頭來。

管家護送奈吉走上樓梯，沿著三樓走廊前進。

牆面下半鋪有木質襯板，上半則是彩繪灰泥。每隔幾公尺，上半部牆面就掛著油畫、小掛毯，或某種冷硬驚人的物品，簡直跟博物館一樣。大多數的展品都裱框藏在玻璃後，但有些沒有。

奈吉這時想想，其實也沒什麼奇怪，畢竟城堡都開始招攬觀光團了。

走到樓梯頂端時，奈吉說，「這是什麼？」

「先生，那是籠手劍。夫人說劍屬於第一位達比伯爵，他的父親在十六世紀建了這座城堡——至少建了最初的原型。」

「我看劍上有些凹痕，他上過戰場吧？」

「沒有，先生。據我了解，劍一直完好無缺，直到第三位伯爵拿來砍柴。」

他們繼續走過走廊，但奈吉又停下來。

「這個呢？」

管家嘆了一口氣，大概因為答案太明顯了。不過奈吉看得入迷，非問不可。

「先生，那是十字弓。」

「背後有什麼家族故事，還是只是一般的武器？」

「純粹展示用，先生，給旅行團看。我們在復古玩家市集上買的。」

奈吉點點頭。管家不耐煩地沿著走廊前進，他只能趕忙跟上。奈吉試著詢問牆上其他的展品，但老紳士的回答越來越短。

「等一下，一下就好。這個呢？」

「先生，那是決鬥手槍。對，槍有擊發過。沒有，沒有人死掉，除了牽著馬的可憐傢伙。」

「那這個呢？」

「散彈槍。現任達比夫人的父親以前會拿來嚇鶴鶉，但自從他們在晚宴上認識了艾希頓—鐵蒂夫婦，興趣就全轉去無倒鉤飛蠅釣和拯救紅松鼠了。」

「那這個——」

「先生，那些是燭台，請別告訴夫人。我從圖書室拿來磨光，但一直沒時間擦完，後來就放在這個小展示台上。先生，您的房間到了，非常感謝您。晚宴七點開始，我建議您不要錯過，因爲如果您稍晚想向廚房點菜，就必須拉那條天鵝絨繩索，我跟您保證，應該不會有人回應。喔，還有三樓的傳聞是眞的——假如您不想用夜壺，就必須下樓到二樓的共用廁所。」

29

一會兒後，晚宴準備要開始了。奈吉成功及時趕到，他身穿西裝外套，打了領帶，好險燕尾服並非指定服裝。

餐廳裝潢正式亮麗，頭頂的燈光透過水晶燈折射，再從銀器、白亞麻布和半透明的瓷器反射出去。工作人員護送賓客到位子上，餐廳內逐漸響起閒聊的低語和餐具碰撞聲。

管家帶奈吉到位子上後，梅波阿姨過來跟他說幾句話。

「我安排你坐在最尾端。」她指向桌子盡頭，離她、雷基和蘿拉的座位最遠。「我刻意排的，希望你不介意。」

「不會。」奈吉說，「有什麼我需要知道的原因嗎？」

「我必須邀請巴克斯頓勳爵。這背後的社交政治理由太尷尬了，我實在說不出口，不過主要是因為他擁有半個媒體帝國，所以蘿拉的公關很堅持。看在他過去曾追求蘿拉，我希望他會婉拒，誰都不想要碰釘子的追求者在訂婚派對上鬧脾氣。不過以防他答應，我把他的位子排在最盡頭，再安排你在旁邊控制他。」

奈吉點點頭。

「有些伴侶一輩子都找不到彼此，」梅波阿姨繼續說，「有些則在最後一刻才相會。每當我看到後者，我不喜歡任何人來攪局。所以我本來打算，如果你發現巴克斯頓意圖破壞我姪女的美妙風采，你就要叫他晚宴後到圖書室來，跟我喝一杯白蘭地。之後如果需要，我會拿火鉗捶他。」

奈吉說，「聽起來很不賴。」

「沒錯。」梅波阿姨說，「幸好巴克斯頓還有常識，懂得婉拒。他倒是派了幾個記者來參加稍後的媒體活動，由於蘿拉的公關堅持，我們就沒有拒絕。不過為了保持賓客多元，晚宴上總要有某個領域的大亨，所以排座位表時，我們請到最後一刻自願參加的飯店集團老闆，頂替巴克斯頓勳爵，還有他打算帶來的德國內衣模特兒。」

「嗯，」奈吉說，「管家跟我說過了。」

「你還要應付一位狗仔和榮譽保守黨議員，我希望你不介意。」

奈吉說，「小菜一碟。」

「現在啊，」梅波阿姨說，「我不禁懷疑我們的座上賓到哪兒去了。蘿拉總是很準時，也很喜歡吃大餐呀。」

奈吉說，「我相信他們很快就會到了。」不過他也擔心起來。他考慮跟梅波阿姨坦承妲拉・芮妮可能構成威脅，但決定作罷。打亂晚宴反而更難留意她的蹤跡。

奈吉坐下來，梅波阿姨則走回桌子前端。

奈吉對面坐著梅波阿姨警告他的飯店大亨。男子很高，大約六十歲出頭，臉龐消瘦，下巴右側有一條淺淺的紅色胎記。

他旁邊的椅子空著，看來是預留給尚未抵達的妹妹。

晚宴準備要開始了。早已超過預定的開始時間，但梅波阿姨旁邊的兩張椅子還是空的。

梅波阿姨的表情有些尷尬，但她沒辦法再拖了，於是她拿起銀叉子，稍嫌用力敲敲水晶酒杯。每個人都靜了下來。

「各位女士先生，大家好。有些人可能注意到了，我們的座上賓還沒到場。辦這類晚會的時候，我總會盡量叫天氣配合，但有時候老天也有自己的想法。」

飢餓的賓客一同客氣地輕笑幾聲。

奈吉希望天氣是合理的解釋，可惜並不是，至少現在不像。天候並未阻止其他客人抵達，也許除了飯店大亨的妹妹以外。

奈吉查看手錶，已經晚了二十分鐘。

「時間、海潮和番茄濃菜湯可不等人——不管是男人還是女人。」梅波阿姨繼續說，「所以我們先用第一道菜吧。等蘿拉和雷基到了，我們要打他們的指節當作懲罰，提醒他們錯過了什麼。這樣或許下次他們訂婚——或做什麼都好——就知道要準時出席了。」

她說完「訂婚或做什麼都好」，賓客又笑了幾聲，恢復原先的低語閒聊。兩名工作人員走進餐廳，開始服務客人。領頭的中年女子身材肥胖，聽從她指示的灰髮女子身形嬌小，戴著難看的眼鏡。

當服務生把碗放在奈吉面前，他明確感到有人盯著他。他抬起頭，看向桌子對面。飯店大亨雷德馮確實隔桌直盯著奈吉。

「你姓希斯吧？」雷德馮的聲音尖銳又直接。

「對。」奈吉說，「我們沒見過面吧？」

「沒有。」男子說，「但我抵達時，聽說我有幸坐在雷基・希斯的弟弟對面。不過我看距離重要賓客滿遠的，雷基・希斯和蘿拉・藍欽會坐在另一端吧？隔這麼遠有原因嗎？我敢說是要避免兄弟競爭？」

「不是。」奈吉說，「蘿拉的阿姨梅波——你要叫她達比夫人——很喜歡我們希斯兄弟，她覺得我們要平均分布才公平。」

「啊。」男子說，「好吧。我叫雷德馮。」

奈吉說，「飯店大亨。」

「當眞？他們這樣稱呼我？大亨？」男子笑了起來，裝得謙虛，但只是做做樣子——奈吉知道他在自誇。

「我想是爲了晚宴座位的安排。」奈吉說，「我聽說你還有一位同樣優秀的妹妹？」

他朝雷德馮旁邊的空位點點頭。

「希斯先生，你眞清楚。沒錯，不過我妹妹會晚點到。她臨時被叫去處理旗下飯店的緊急……維修問題。」

「喔，所以你把這種骯髒事都丟給她處理，不賴嘛。」

奈吉只是隨口說說，因此他很訝異男子最初的反應。他皺起眉頭，頓了一下，撇開眼，才恢復正常，輕快地否認。

「絕對沒這回事。」他說，「她只是剛好在附近，我不在而已。」

「當然。」奈吉知道他戳到了痛處，並猜想原因是什麼。

服務生回到餐廳。肥胖女子收走湯碗，嬌小的灰髮女子拿著沙拉過來。

短短一瞬間，奈吉聞到熟悉的氣味。他坐著轉過身，看向後方，卻找不到來源。

服務生不可能噴那種香水吧。

第一道菜吃完，第二道菜也上桌了，但雷基和蘿拉依然不見人影。

飯店大亨說，「怎麼了嗎？」

「沒事，」奈吉說，「只是……」他停下來。不知爲何，也許是男子的口氣，或他的表情，但奈吉突然不想吐露太多。他開玩笑說，「我本來想再續一碗湯。」

「我想你對正式晚宴沒什麼概念？」

奈吉坐挺，隔桌直直看著雷德馮。他刻意想打探什麼嗎？

或者他只是討人厭，想在晚宴上跟人打口水戰？

奈吉正要適度反擊，但戴老土眼鏡的嬌小灰髮服務生端著紅酒燉牛肉過來了。

她放下奈吉的盤子，避免直接看他。然而她把盤子放在雷德馮面前時，似乎逗留了一下，趁男子不注意盯著他看。

然後她瞥見奈吉發現了，才趕忙往下走。

一道菜接著一道菜同樣端上桌，最後終於只剩下甜點了。

奈吉現在確定了。她的偽裝不錯，但只要好好看一眼，加上足夠的時間研究，幾乎每個人都能看穿她。妲拉・芮妮的外貌就是這麼獨特，只要你熟悉她的臉，又全心全意想找到她，她就不可能徹底扮成別人。

奈吉毫不懷疑灰髮服務生的身分，他也知道上完甜點後，就不能讓她離開視線範圍。他不能冒險讓她再逃走一次。

不過他因而想起另一件事。

奈吉說，「雷德馮先生？」

「怎麼了，希斯先生？」

「我想你旗下的飯店都有監視攝影機？」

「當然，而且是最高級的設備。不過只有裝在合適的公共區域，不會裝在客房。」

他笑了。「或是廁所。」

「馬里波恩大飯店也不例外？既然最近才整修完成，又在慶祝創立百年，你一定也裝了最高級的監視攝影機吧？」

雷德馮直直看著奈吉，給了拐彎抹角的答案。

他說，「馬里波恩大飯店裡裡外外都是最高級。」

「我之所以問你，」奈吉說，「是因爲蘇格蘭場想判斷有個人最近是否去過飯店。你可能看過新聞報導，提到這個名叫妲拉．芮妮的女生？還有肯維島的漁夫謀殺案？」

雷德馮回望著奈吉。

「我會提到這件事，」奈吉說，「是因爲蘇格蘭場看了飯店的監視攝影機錄影——我想是你們保全團隊提供的——但在指定的日期和時間，卻找不到妲拉．芮妮在馬里波恩大飯店的畫面。其實不管調到哪個時間，都找不到她，即使我們肯定她去過飯店，只是不確定什麼時候。」

雷德馮說，「那又怎樣？」

「但監視攝影機明明有拍到她，因爲有人在肯維島的酒吧拿她的監視錄影照片問人——就在謀殺案發生之前。所以我很好奇，爲什麼你們飯店有人先拿她的照片給人看，後來卻從監視錄影帶移除她的畫面，才交給蘇格蘭場？」

「不可能，」雷德馮說，「這沒道理。就算有她的照片，也是從別的地方來的，不是我們的攝影機。希斯先生，我或我的員工何必從監視錄影帶刪除她的畫面？」

「我不知道。」奈吉說，「蘇格蘭場通常不會檢查影帶有沒有遭到竄改，因為他們不認為會有問題。等我請他們仔細檢查，我相信會證實你的說法吧。」

雷德馮怒目瞪著奈吉。灰髮女服務生走進餐廳，推著一車提拉米蘇，從托盤逐一端到桌上。

「你們家的人都這樣嗎？」雷德馮說，「跟你和你哥哥一樣愛管閒事？」

奈吉思索這個問題有多重要，並想著該如何回答。

然而管家走了進來，手上沒有拿任何上菜用的器具，臉上倒是掛著沉痛的表情。他盡力掩飾情緒，避開餐桌上每位賓客的視線，直接走向蘿拉的阿姨梅波。

他微微傾身，動作盡量不要太張揚。他可說成功了，其實奈吉發現，整間餐廳只有他和雷德馮先生注意到管家嚴肅的態度。

管家在梅波阿姨耳邊悄聲說了幾句。

雖然只有短短一瞬間，但她的表情立刻變得跟管家一樣沉痛。她放下叉子，恢復正常的表情，朝附近的客人微微一笑，同時拿起大腿上的餐巾，向大家告退，站了起來。

梅波阿姨和管家的神情都像醫院的外科醫生在宣告壞消息。管家跟在她後頭，兩人從梅波阿姨坐的那一端，目標明確地走向奈吉、保守黨議員和雷德馮先生坐的這一端。

梅波阿姨和管家走在奈吉這一側，他們靠得越近，舉止就顯得越不妙。基於奈吉所知的狀況，他很肯定一定是壞消息。他終於放棄禮儀，轉頭看他們走近。

他似乎從眼角瞄到雷德馮臉上露出非常意外的表情，彷彿在得意地偷笑。奈吉不知道他是什麼意思，當下也不在乎。

奈吉坐在餐桌尾端倒數第二個位子。當梅波阿姨和管家終於來到他旁邊，竟然沒有停下來，反而走到餐桌盡頭，繞了過去。

然後才停下來。

梅波阿姨現在站在雷德馮先生的斜後方，管家則恭敬地退後一步。再隔幾步，灰髮服務生推著那車提拉米蘇，跟石頭一樣動也不動。

梅波阿姨傾身，在雷德馮先生耳邊悄聲說了幾句。

雷德馮的表情變了，臉上血色全消，使下巴淺粉色的胎記更加明顯。

他仍坐在位子上，邊聽邊點頭，悄聲回覆梅波阿姨。奈吉豎直耳朵，但還是聽不見。

梅波阿姨搖搖頭，靠過去又悄聲說了幾句。

這下雷德馮站起來，粗魯地推開梅波阿姨。他的臉恢復了血色。他誰也沒看，一句話也沒說，就衝出餐廳。

這時一大盤提拉米蘇摔到地上。

奈吉站起身。他得選擇一個目標和追捕的方向。妲拉・芮妮——灰頭髮的服務生——剛丟下托盤，朝廚房拔腿而去。

奈吉追著她跑進廚房，躲開兩名廚師和服務生領班，穿過廚房來到樓梯井。他跑上樓梯到三樓，穿越附屬準備室，來到走廊。

妲拉．芮妮停下來，猛然轉身面對奈吉，舉起貝瑞塔手槍對準他。

她說，「放我走。」

奈吉說，「不行。」然後他問了在火車上就想問的問題。「妳說妳知道我哥做了什麼，妳是什麼意思？」

「他說出了真相。」她說，「不管他多擔心，他還是證實了我的不在場證明。」

她瞥了一眼通往樓下的室內階梯，轉身朝走廊盡頭跑去。

她跑向轉角陽台，奈吉知道陽台外頭的樓梯會通到一樓。他追上去，卻又停了下來。

屋內的主階梯介於奈吉和逃到走廊盡頭的妲拉．芮妮之間，現在雷德馮的司機爬上樓梯，踏上走廊。

順著階梯往下，可以看到管家史賓賽，他爬樓梯的動作緩慢，顯然毫不害怕。

奈吉認出了司機，稍早他在禮車司機的休息室看過他。

但奈吉也在火車上看過他，而且最開始他還有配槍。所以他根本不是雷德馮的司機——而是雷德馮雇的私家偵探，或者他的打手，搞不好更糟。或許就是他在酒吧打探妲拉．芮妮的消息。

所以他也可能殺了跟妲拉．芮妮同住的漁夫。

不過這些都只是奈吉腎上腺素衝腦的推測，能否證實就要看男子的下一步了。

一開始，男子的意圖不明。他先看向奈吉，又看向逃走的妲拉．芮妮，又回頭看著奈吉。

然後他看向身旁的牆面。展示櫃中放著管家向奈吉介紹的第一件舊武器。

駕駛用手肘撞破展示櫃玻璃，拔出籠手劍。

接著他朝奈吉逼近。

奈吉判斷男子的意圖現在很明顯了。

他大叫，「史賓賽！」

史賓賽爬到了階梯頂端。

「先生？」

「十字弓、手槍、散彈槍——哪一件該死的武器能用？」

史賓賽想了一下。駕駛繼續逼向奈吉。

終於史賓賽大叫，「燭台，先生！」

奈吉筆直往前朝駕駛跑去，及時來到放燭台的展示台。他沒有減速，抓起一支燭台，一屁股坐在滑溜的硬木地板上。男子用雙手舉起沉重的劍。

奈吉低下頭，往前滑了最後兩公尺。

他握緊燭台，朝駕駛的左膝蓋一揮，命中目標。

駕駛放聲尖叫，倒了下來。

奈吉衝到陽台，追著妲拉・芮妮跑下樓梯。

30

回到餐廳內，甜點上得一點都不順利。

梅波阿姨知道雷德馮先生爲何突然離開，畢竟她剛告知他不幸的消息。他的反應很不好，完全缺乏應有的禮節。他妹妹的事確實很遺憾，但他聽說蘿拉和雷基的好消息時，至少應該跟梅波一起鬆了一口氣才對——尤其雷德馮還主動問起他們。梅波阿姨不知道雷德馮衝出餐廳去了哪裡。他的車還在莊園內，她也派了管家去找他。

奈吉・希斯爲何追著服務生跑進廚房，更是令人費解。梅波阿姨不太確定發生了什麼事，但她知道沒有表面上看來這麼簡單，至少她希望沒有。

無論如何，晚宴都該結束了。

她走到桌子前端，拿叉子敲敲香檳酒杯。

混亂的低語戛然而止，室內瀰漫著期待。

「希望各位還喜歡甜點的提拉米蘇，」梅波阿姨說，「至少希望有幸吃到的幾位都滿意。感謝大家冒著最惡劣的天氣來參加，眞的，我知道今晚大半時候外頭都是狂風暴雨。通常現在我會邀請大家移動到舞廳，不跳舞或行動不便的賓客也歡迎到書房喝白蘭地。不過我聽說雨剛好停了，月亮露臉，強風也終於減弱了。若您想要留宿，我們準備了客房，非常歡迎各位。不過請注意，只有一、二樓有排水系統，三樓客房則需要用夜壺。若您已在附近安排住宿，請注意現在可能是上路的最佳時機。您選擇放棄書房提供的免費白蘭地和雪茄，絕不會冒犯到我們，今晚訂婚的幸福小倆口更不會介意，我想等他們終於抵達後，心上應該也有別的事。非常謝謝各位。」

這番話達到了她預期的效果，還沒離開的賓客都開始朝一樓前廳移動。

31

奈吉尾隨妲拉．芮妮，跑下城堡後方的室外樓梯。

雨至少暫時停了，雲層的縫隙透露出月光。

奈吉看不見妲拉．芮妮，但唯一合理的目標就是西方的石造園丁小屋，於是他朝那個方向追去。

他來到小屋，跑了進去。

她不在裡面，她的灰色假髮和服務生制服丟在桌上。

這時奈吉聽到小屋後門在風中猛然摔上。他從窗戶往外看，看到妲拉．芮妮向西越過荒野，朝莊園靠懸崖那側跑去。

奈吉追著她跑出去。

他腳下的土地一會兒滿布石頭，一會兒長滿柔軟的冬季黃苔蘚和薊草。

遠方可以看到妲拉．芮妮裹著黑大衣的身影，朝懸崖跑去。

「妲拉．芮妮！」奈吉一邊跑一邊大叫，「妲拉．芮妮，我知道妳是誰！」

看來沒用，她沒有慢下來。

「妲拉．芮妮！」奈吉又叫了一次，「妲拉．芮妮——妳知道妳是誰！」

這次大概有用，至少乍看成功了，因爲她停了下來。

不過奈吉接著發現，原來她跑到了懸崖邊。

另一道人影出現，大步沿著懸崖從北方跑來。

是雷德馮。

奈吉現在距離妲拉．芮妮大概快五十公尺，雷德馮也是。他放慢速度，但仍繼續逼近她。

她轉向奈吉，手拿著槍。

她說，「別動！」

奈吉停下來。

「妳是妲拉．芮妮。」奈吉說，「妳不姓莫里亞提，妳從來不是莫里亞提家的人。」

她說，「我知道我是誰。」

「妳的祖先根本不是莫里亞提，他是一個勇敢的人，只是用了這個名字。」

「我現在知道了。」妲拉．芮妮說，「我知道我的祖先是誰，也很慶幸知道眞相。可是不管我的根在哪裡，我還是我。我改變不了自己，也改變不了我做過的事。」

「妳錯了。」奈吉說，「也許妳改變不了做過的事，但人每天都在改變自己。」

雷德馮說，「胡說八道。」

他現在距離妲拉・芮妮不到幾公尺，兩人都站在懸崖邊。他靠近一步，她把槍口轉而對著雷德馮。

「人不會變。」雷德馮對奈吉說，「她精神多錯亂，你就多天真。我從九歲就清楚知道我是怎樣的人，也因此造就了今天的我。」

雷德馮又朝妲拉・芮妮靠近一步。

他說，「把文件給我。」

妲拉直直看著雷德馮，探進外套，拿出一頁的文件。

「我知道你是誰，」她對雷德馮說，「我也知道你做了什麼。你這個混蛋，有種就來拿啊。」

奈吉不確定她是不是故意的，不過妲拉・芮妮拿出文件時，也放下了槍。

雷德馮逮到機會，朝她撲過去，一手伸向槍，另一手去抓文件。

他沒搶到文件——妲拉在最後一刻鬆了手。不過他抓住她持槍的手臂，她則揪住他的領子。

奈吉還來不及動作，他們就雙雙跌落懸崖邊緣。

奈吉往前跑去。一股上升氣流托起文件，往後向他吹來，他伸手抓住。

他站在懸崖邊往下看。

月亮仍掛在天邊，雪白的海浪清晰地拍碎在下方深色的石塊上。

這次不用懷疑了。他看著下方石塊上兩具破碎的屍體，兩段破碎的人生。

32

過了午夜，車道兩旁的岩槭樹仍在風中前後擺盪，但頭上的雲層早已散開。

禮車一輛接一輛駛離城堡，輪胎壓過圓環卵石地上淺淺的積水，發出清脆的聲響。

梅波阿姨和管家來到大門口，她朝每一輛離開的加長型轎車揮手。

「你認爲，」梅波阿姨對管家說，「是因爲我提到夜壺嗎？」

最後一輛禮車開走後，她又朝路上看了一眼。

然後她看到了：一對頭燈從泥濘的雙線道路轉上城堡的車道。頭燈間距很窄，跟離開的禮車都不同。

她沒有料到是這種車。她等在門口，看車子越開越近。

那是一輛小巧的飛雅特轎車，她的朋友當中沒有人開，連注重環保的幾位也不例外。狗仔隊偏好這種車，她猜是因爲機動性高，可以開進私密地點。

車上只能坐兩個人。好吧，這不是眞的雙人座車——她知道有後座，但大小不足以塞進一名成人。

車子在城堡大門前停下來。達比夫人朝管家點點頭，要他前去幫忙。

駕駛座車門打開，一名身穿連帽運動衫的邋遢男子下車。

管家略過他，打開副駕駛座車門。

蘿拉下車時說，「謝謝。」她對管家說，「史賓賽，你好嗎？」

「我很好，小姐。」他說，「很高興見到您。」

管家準備護送她走向大門，但她還不打算過來。

「等一下。」她說，「還沒好。」

一隻手臂從後座伸出來，抓住門框，另一隻手抓住副駕駛座椅背——然後雷基・希斯從狹小的飛雅特後座擠出來。

他站起身，扭扭背、脖子和肩膀，花了一會兒拉筋。接著他回過頭，從車上拿出公事包。

他走到蘿拉身旁。

管家心想，現在終於能護送他們進城堡了。

身穿連帽大衣的邋遢男子說，「等一下。」他從駕駛座拿出相機，一臉期待朝蘿拉和雷基的方向點點頭。

蘿拉和雷基聽他的話停下來，伸手環抱彼此，在城堡階梯前替狗仔擺好姿勢。相機連換了幾個角度，快門喀嚓作響，閃光燈閃了幾次。

「好了。」男子說，「謝啦。」

狗仔回到車上，倒車上路。

雷基和蘿拉終於轉身走向大門。

狗仔的車消失在視線外時，梅波阿姨說，「我應該給他小費嗎？」

「不用，」蘿拉說，「我剛才算是給他未來的獨家報導了。」

「喔，好吧，他沒指定要妳生的第一個孩子之類就好。」

蘿拉聞言挑起一邊眉毛，但表情很快就恢復正常。

她和雷基都淋得濕透，渾身泥巴。梅波阿姨看來，他的外套和蘿拉的頭髮好像都燒焦了。

「可憐的寶貝，」她說，「你們到底怎麼了？妳要先做什麼——換乾衣服，還是喝白蘭地？」

蘿拉說，「白蘭地。」

一會兒後，管家走到書房熊熊燃燒的火爐前，把四大杯白蘭地放在桌上。

梅波阿姨、蘿拉和雷基等了一下。管家離開時，奈吉走了進來。他腋下夾著蘇格蘭場的證物箱，不過除此之外，他一副就是剛在荒野追捕人的樣子。

梅波阿姨依序打量他們每個人。

「你們三個看起來都糟透了。」她說，「先喝酒沒關係，但我希望你們吃早餐前都把衣服換了。」

管家回到書房。

他說，「溫柏利探長到了。」

「喔，叫他拉起封鎖線吧，或看警察要做什麼。」梅波阿姨說，「既然事件大半他都錯過了，我想他可以先等我們喝完酒。」

管家離開去傳達訊息。

蘿拉和雷基看向奈吉。

蘿拉說，「你的飛機如何？」

「相較之下好極了。」奈吉說，「你們開車如何？」

雷基說，「下次還是交給蘿拉規劃吧。」

「好。」奈吉說，「我們來分享情報吧。」

他把蘇格蘭場的證物箱放在桌上。

「我這裡有，」奈吉說，「一封一八九三年的信，由蘇格蘭場特殊分支的史坦迪佛探長簽名，表明他手下一名美國特務爲了臥底，採用詹姆士・莫里亞提當作假名。他的遺孀選擇保留假名，但希望留下事實的記錄，好讓後代知道。我們現在知道，他的後代之一就是妲拉・芮妮。過去一百多年，這份文件都放在蘇格蘭場資料庫，直到她成功偷出來。」

奈吉把文件放在桌上。

現在換雷基打開公事包。

「我這裡有，」雷基說，「一封一八九三年的信，由名叫雷吉爾的罪犯寫給夏洛克．福爾摩斯，信中形同坦承他刑求並謀殺了那名美國特務。這封信安全保存在貝格街的檔案庫，不爲人知，直到成爲飯店展覽的展品。」

奈吉點點頭。「如我所料，」他說，「由雷吉爾親筆撰寫並簽名。」

現在奈吉拿出他在懸崖邊救下來的文件。

「他的簽名字跡會跟這份文件一致。幾年後，一名自稱雷德馮的男子創建了最早的馬里波恩大飯店，用的顯然是謀殺美國特務後取得的假鈔。這件事要是曝光，對他的後代哈洛．雷德馮和海倫．雷德馮兄妹來說，可就丟臉丟大了，所以你們旅途中才碰上一些明顯的障礙。雷德馮兄妹擔心除了妲拉．芮妮，要是又有人比對出這兩個簽名，並爆料給媒體——例如在達比莊園預定的記者會上——那就糟了。」

「這樣就殺人？」蘿拉說，「爲了小小的企業醜聞？」

雷基說，「就像滾雪球越滾越大囉。」

「這個嘛，」一會兒後，奈吉說，「我認爲兄妹當中一人的殺人動機更強烈。海倫．雷德馮確實試圖從雷基的公事包拿回那封信，但我認爲這是她的底線了。我們知道她回去警告你們汽油的問題，才因此喪命。」

「眞可惜我們沒碰到她。」蘿拉說，「我們往車上去了，所以沒看到她從大堂出來。」

奈吉點點頭。「雷德馮兄妹雖然血脈相同，擁有共同的過去，但我不認爲他們的經歷完全一樣。我認爲V2炸彈攻擊後，在混亂的碎石堆中，九歲的哈洛．雷德馮幫祖父殺了美國上尉。至少妲拉．芮妮這麼想。」

奈吉拿起所有文件，捆在一起。

「妲拉．芮妮不是在跟蹤你們。」他說，「她恢復吃藥，不再精神錯亂了。她其實在找哈洛．雷德馮，自從她知道祖先的眞實身分，這就成了她的目標。落水獲救後，她開始重建她的過去——不只回溯她是誰，還逐步尋根。她從國家檔案館查起，找到蘇格蘭場有文件記錄她太祖父的眞實身分。接著她去了馬里波恩大飯店的展覽，結果所有的資料都攤在她眼前——雷吉爾本人寫的謀殺自白信；飯店的創始文件，上頭的簽名跟自白信一模一樣；還有戰時的照片，顯示她曾祖父過世的地點，以及事發當時在場的人。」

「家族企業都該記取教訓。」蘿拉說，「如果你家的公司帝國是靠刑求和謀殺起家，記得提醒後代將來不要拿來吹噓。」

「沒錯。」奈吉說，「可惜妲拉．芮妮發現飯店展示的文件時，飯店保全總管也發現她了。她太常出現，又太顯眼，才使雷德馮意識到他們居然展出了謀殺案的證據。雷德馮的保全人員查到妲拉．芮妮住在肯維島，找出她的住址，親自過去，顯然想收回她偷走的署名犯罪證明——搞不好還打算痛下殺手。可是齊佛頓提早回家，嚇到他，因而賠上一條命。我想邁納醫生在醫院也碰到類似的情況，不過我們必須等歐席亞的報告。但我們知道妲拉．芮妮追蹤雷德馮時，雷德馮的保全人員一直跟著她——我猜他跟他老闆一樣不怕殺人。」

他們沉默了一會兒。

然後蘿拉說，「我想我們算運氣好，妲拉．芮妮從替虛構的祖先報仇，轉爲替眞正的祖先討公道。」

雷基把捆起來的文件放回蘇格蘭場的證物箱。

「當她從蘇格蘭場的信發現太祖父的眞實身分，我猜對她有不少正面影響。」雷基說，「但等她看到雷吉爾寫給夏洛克．福爾摩斯的謀殺自白——嗯，那又是另一回事了。」

「人眞的必須小心過去。」蘿拉說，「每個人至少都有一次重新開始的機會。」

奈吉闔上箱子。

「我想溫柏利應該等得不耐煩了。」奈吉說，「何不讓我和梅波阿姨應付他，給你們一點時間獨處？」

33

幾個小時後——奈吉認爲早過了午夜，卻又還不到能稱爲早晨的時刻——他必須判斷三樓缺乏排水系統的謠言是否屬實。他八成喝了太多白蘭地，或後來喝太多水醒酒了。

他從床上下來，四處看看。

沒錯，謠言是眞的。他要不得用夜壺，不然就要下一層樓，去二樓的公用廁所。

奈吉再怎麼累，都不想用夜壺。

他踉蹌走出門，來到走廊。他大略知道該往哪個方向去，就出發了。

轉錯幾個彎後，他終於走對路，找到公用廁所——或某人的廁所，管它的。上完後，他回頭開始找自己的房間。

現在他所在的走廊俯瞰大舞廳。或唯一的舞廳，他不確定城堡有幾個舞廳，但下頭是舞廳沒錯。

奈吉聽到聲響，朝下方的舞廳看去。

頭頂上高聳角樓的窗戶讓不再受阻的月色流瀉而入。月光照亮舞廳中的兩個人，他們緊緊相擁，在寂靜中共舞，動作緩慢，幾乎無法察覺。

蘿拉閉著雙眼，頭靠在雷基胸口。奈吉從未看過雷基站得如此挺拔又放鬆。奈吉讚賞般地點點頭，邁步走開。他早上還要趕飛機呢。

臉譜

廣　告　回　函
北區郵政管理登記證
台北廣字第000791號
郵資已付，免貼郵票

104台北市民生東路二段 141 號 5 樓

英屬蓋曼群島商家庭傳媒股份有限公司

城邦分公司

臉譜出版　　收

請沿此虛線剪下，將活動卡對摺、黏貼後寄回即可

黏貼處

臉譜

貝格街的紀念品

寫給夏洛克．福爾摩斯的委託信，
再次寄到現代的倫敦貝格街221號B座——

話題暢銷系列「福爾摩斯先生收」推出質感設計新包裝+全新續集，
邀請新、舊讀者共同探索一封封來信背後的謎團，並獻上獨創贈品紀念這趟解謎旅程……

◆2018年系列出版計畫：
四月—《福爾摩斯先生收》
六月—《福爾摩斯先生收II：莫里亞提的來信》
八月—《福爾摩斯先生收III：來自台灣的委託》
十月—《福爾摩斯先生收IV：莫里亞提的復仇》（全新續集）

集滿以上四本書籍之購買證明印花，即可獲得「《福爾摩斯先生收》貝格街金緻紀念帆布提袋」一只，不用抽獎，100%獲獎機率！

【活動辦法】
◆即日起至2018年11月30日止，新版「福爾摩斯先生收」系列一～四集，每本書最後皆附有一枚郵票造型的「【貝格街的紀念品】活動集點印花」（一～四集印花圖樣各自不同）！
◆ 將印花剪下貼於本張活動集點卡，集滿一～四集印花並填寫個人資料後寄出，即可參加【貝格街的紀念品】贈獎活動！
◆ 回函於2018年11月30日截止收件，郵戳為憑。
◆ 詳細活動規則請見臉譜出版公告：http://facesfaces.pixnet.net/blog/post/32278297
◆ 贈品將於2019 年1月20日陸續寄出至活動參加者填寫之地址。

請沿此虛線剪下，將活動卡對摺、黏貼後寄回即可

【贈品示意圖】

1 2

【集點印花黏貼處】

3 4

【聯絡資訊】（煩請以正楷填寫以下資料，以免因字跡辨識困難導致贈品寄送過程延誤）

姓名：＿＿＿＿＿＿＿＿ 年齡：＿＿＿＿ 性別：□男 □女
電話：＿＿＿＿＿＿＿＿ E-mail：＿＿＿＿＿＿＿＿＿＿
獎品寄送地址：□□□＿＿＿＿＿＿＿＿＿＿＿＿＿＿

【個人資料蒐集告知事項】為提供訂購、行銷、客戶管理或其他合於營業登記項目或章程所定業務需要之目的，家庭傳媒集團（即英屬蓋曼群島商家庭傳媒股份有限公司城邦分公司、城邦文化事業股份有限公司、書虫股份有限公司、墨刻出版股份有限公司、城邦原創股份有限公司），於本集團之營運期間及地區內，將以 mail、傳真、電話、簡訊、郵寄或其他公告方式利用您提供之資料（資料類別：C001、C002、C003、C011 等）。利用對象除本集團外，亦可能包括相關服務的協力機構。如您有依個資法第三條或其他需服務之處，得洽詢本公司服務信箱faces_service@cite.com.tw請求協助。

□ **我已詳讀權利義務之相關條款，並同意遵守。**

黏貼處

【注意事項】
1. 本活動限臺澎金馬地區讀者參與。
2. 參加者務必留下有效郵寄地址，若贈品無法投遞，又無法聯絡到參加者本人，恕視同棄權。
3. 本活動回函卡及活動集點印花影印無效。
4. 抽獎贈品將以郵局掛號方式寄出。
5. 贈品詳細圖片及規格，請參閱臉譜出版公告：
http://facesfaces.pixnet.net/blog/post/32278297
6. 臉譜出版保有認定參加者資格的權利與保留最終活動解釋權

→請剪下印花